KB027817

리더십 박사 이재술의
드림으로 드림하라

국립중앙도서관 출판예정도서목록(CIP)

(리더십 박사 이재술의) 드림으로 드림하라 : 꿈처럼 섬기면 꿈처럼
이루어진다 / 지은이 : 이재술. -- 서울 : 한누리미디어, 2018
   p. ;   cm

권말부록: 우리집은 왜 오르지 않나?
ISBN 978-89-7969-784-1 03810 : ₩15000

수기(글) [手記]

818-KDC6
895.785-DDC23   CIP2018033643

리더십 박사 **이재술**의

드림으로 드림하라

꿈처럼 섬기면 꿈처럼 이루어진다

한누리미디어

CONTENTS

01

한산도대첩과 소매물도

통영시 전경

통영은 '한국의 나폴리'라 불릴 정도로 아름답고, 인구 14만여 명이 거주하는 남해의 자그마한 항구도시이다.

통영이란 지명은 '삼도수군통제영'에서 유래하는데, 한때는 이순신 장군의 시호를 딴 '충무시'(1955~1995)로 불리었지만 1995년 충무시와 통영군을 통합하면서 다시 통영이라 부르게 됨으로써 원래 이름을 되찾은 셈이다.

우리나라 사람이라면 누구나 존경하는 인물로 주저하지 않고 내세우는 인물, 나 역시 공직생활 내내 존경과 흠모의 대상으로 삼았던 이순신 장군을 현장에서 직접 배우고자 목포에서부터 부산까지 이순신 장군의 흔적을 따라 남해안 구석구석을 누비며 그 발자취를 따라 수시로 답사여행을 하였다. 아마도 20여 년 전 '난중일기'를 읽은 것을 계기로 통영 앞바다에 있는 한산도를 처음 방문한 이래 10여 번은 족히 통영과 거제를 찾은 듯하다.

통영시내 한복판에 자리한 삼도수군통제영 본영인 세병관, 섬을 지하로 가로지르는 통영해저터널, 달아공원에서 보는 환상의 일몰, 그리고 통영 아지매가 알아서 한상 가득 차려내는 통영통술 정도가 처음 통영을 방문했을 때 받았던 강렬한 인상이었는데 요즘은 '동피랑 벽화마을'과 '미륵산 한려수도 조망 케이블카' 등이 통영을 대표하는 관광명소로 자리 잡고 있다.

리더십 박사 이재술의 **드림**으로 **드림**하라

▲ 세병관

　지난해에는 부산과 거제도를 연결하는 거가대교가 개통되어서 멀리 고성으로 우회하지 않고 좀 더 편하게 거제도와 통영을 찾을 수 있게 되었지만 최근 관광객들이 폭발적으로 늘어 주말이나 휴일에는 구간 내내 차량체증으로 몸살을 앓는다.

　조선시대의 사서를 보면 삼도三道라는 지명이 자주 등장하는데 이는 경상도, 전라도, 충청도를 합쳐서 부르는 말로서 남쪽 지방에 있다 하여 하삼도下三道라고도 불렀다.

　임진왜란(1592~1598) 발발 이듬해인 1593(선조26)년 조선은 전라좌수사 이순신, 경상우수사 원균 등의 합작으로 대승을 거둔 한산도대첩을 계기로 연합작전의 필요성을 느껴 삼도수군통제사(三道水軍統制

使) 직제를 새로이 만들어 전라좌수사였던 이순신 장군에게 겸임하도록 하였다.

그런데 엉뚱하게도 이순신 장군과 원균 장군이 엄청난 불화를 겪게 되는 원인을 제공하게 된다. 이순신 장군보다 나이가 많고 군 선배인 원균을 지휘하는 과정에서 갈등과 대립을 자주 일으키게 되었고, 원균이 모함하였다 하여 결정적으로 사이가 벌어지게 된다.

난중일기에는 이순신 장군이 원균에 대해 극도로 미워하고 부정적인 평가를 하는 장면이 여러 차례 등장한다.

삼도수군통제사는 지금으로 치면 남해를 관할하는 해군 작전사령관쯤 된다. 통제사가 주둔하는 본영을 '삼도수군통제영'이라 하였고 통제영, 또는 통영이라 약칭하였다. 초대 삼도수군통제사는 이순신 장군으로 한산도 진영이 최초의 통제영이다.

삼도수군통제영은 방어에 유리한 입지조건에 따라 한산도, 여수, 고성 등으로 옮겨 다니다가 임진왜란이 끝난 후 1603(선조36)년 제6대 통제사인 이경준이 통영 시내를 굽어보고 있는 현재의 세병관(洗兵館)이 있는 문화동(두룡포)으로 옮기면서부터 1895(고종32)년 각도의 병영 및 수영이 폐지될 때까지 292년간 존속된다.

삼도수군통제영 아래에는 5개의 수영水營을 두었는데 남해바다를 관할하는 경상도와 전라도에는 각각 2개씩, 그리고 서해바다를 관할

하는 충청도에는 1개를 두었다.

경상좌수영은 부산 동래, 경상우수영은 거제, 전라좌수영은 여수, 전라우수영은 해남, 충청수영은 보령에 위치하였다.

경상좌수영은 처음에는 동래 부산포에 자리 잡았으나 1481년 울산 개운포를 거쳐 임진왜란 무렵 남촌 현재 부산 수영구 수영동 으로 옮겨오게 되는데 부산 수영의 지명 또한 경상좌수영에서 비롯된다. 그러나 왜군들이 임진왜란과 정유재란 내내 부산을 점령하면서 경상좌수영은 기능을 상실하였고 경상우수영만 통영에서 유지하게 되었다.

참고로 우수영·좌수영의 개념은 임금님이 계시는 한양에서 바라다볼 때 좌측이냐 우측이냐에 따라 판단한다. 한양에서 볼 때 부산이 좌측이니 경상좌수영이고 통영이 우측이니 경상우수영이다. 전라도도 마찬가지로 왕이 바라다볼 때 여수가 좌측이니 전라좌수영이고 해남이 우측이니 전라우수영이다. 통영, 부산 수영, 해남 우수영은 지금도 남아있는 지명이다.

전라좌수사 이순신 장군은 1592년(선조25) 5월 7일 옥포해전에서 최초의 승리를 거둔 후 6월까지 사천, 당항포, 율포 등의 해전에서 왜적을 잇달아 격파한다. 7월에는 전라우수사 이억기, 경상우수사 원균과 함께 총 56척의 연합함대를 이끌고 적선 73척을 한산도 앞바다로 유인하여 66척을 불태우거나 나포하는 대승을 거두게 되는데 이것이 바로 '세계 4대 해전' 중 하나로 꼽는 한산도대첩이다.

한산도대첩에서 승리한 후 이순신 장군은 1593년 8월 삼도수군통제사에 제수되고 한산도에 통제영이 최초로 설치된다. 통제영이 있던 제승당에는 충무공의 영정을 모신 충무사와 수루戍樓가 있다.

> 한산섬 달 밝은 밤에 수루에 홀로 앉아
> 큰 칼 옆에 차고 깊은 시름 하는 차에
> 어디서 일성호가는 남의 애를 끊나니

《청구영언靑丘永言》과 《연려실기술燃藜室記述》에 실려 있고, 우리 중고등학교 교과서에 실려 있는 이순신 장군의 시조 〈한산도가〉가 수루에 걸려 있다. 전라좌수사가 되어 임진왜란 전쟁 중 한산도에서 군진을 치고 있을 때의 고독한 심회와 우국충정을 노래한 것으로 보인다.

이러한 충무공 이순신 장군의 흔적을 직접적으로 느낄 수 있는 한산도는 통영항에서 2km 정도 떨어져 있으며, 배로 10여 분이면 닿을 수 있는 조그마한 섬이다. 통영 시내에서 케이블카를 타고 미륵산461m에 오르면 아름다운 한려해상공원이 한눈에 보이는데 한산도는 손에 잡힐 듯 가깝게 느껴진다.

경남 통영시 한산면 소재지로 인구 1000여 명이 살며 한산도와 여

수를 잇는 한려수도의 출발점이 되는 곳이다.

그러나 진주성대첩, 행주대첩과 함께 임진왜란 3대 대첩의 하나로 꼽히는 한산도대첩을 이끈 역사적 장소이지만 망루로 쓰였던 수루와 이순신 장군이 활을 쏘았다는 한산정 등이 있는 제승당에 이르는 길은 통영시내 미륵산 케이블카 등 관광지가 엄청난 인파로 북적이는 것과 비교해 보면 쓸쓸할 정도로 한적하다.

외가가 있었다는 이유 하나만으로 충남 아산에 대규모로 현충사를 지을 바에야 차라리 처절하고도 치열했던 역사의 현장인 한산도를 좀 더 성역화하고 정비해서 많은 이들이 찾고 배우게 했더라면 어땠을까 싶은 심정으로 아쉬움이 짙게 깃든 제승당을 둘러보았다.

제승당

이순신 장군이 전라좌수사로 제수된 것은 임진왜란이 있기 전 해인 1591년 2월의 일이다. 임진왜란 3년 전인 1589년 12월 1일 이순신 장군은 초대 전라도 정읍현감(종6품)으로 제수된 뒤 1591년 2월 13일 파격적으로 전라좌수사(종3품)에 제수될 때까지 약 1년 2개월 동안 전라도 정읍고을 수령으로 명성과 공적을 쌓으며 임무를 마친다.

전라좌수사로 임명되기 전 이순신 장군은 3번에 걸쳐 관직을 옮길 뻔한 우여곡절을 겪는다.

첫 번째는 1590년 7월 함경도 고사리진 첨사(종3품)로, 두 번째는 한 달 뒤인 1590년 8월에 평안도 만포진 첨사(종3품)로, 그리고 마지막으로 1591년 2월에 전라도 진도군수(종4품)로 발령을 받지만 파격적인 승진을 이유로 조정의 반대가 심했기 때문에 모두 부임하지 못했다.

이순신 장군이 전라좌수사로 발탁되는 과정도 정말로 드라마틱하다. 이 무렵 조정은 전라좌수사 자리를 놓고 오락가락하고 있었는데 문제의 시작은 같은 해 1월 29일 원균이 전라좌수사로 먼저 제수되면서부터다. 원균은 "평판이 좋지 않다"고 사간원이 탄핵하면서 6일 만인 2월 4일 자리에서 물러난다.

원균은 우여곡절 끝에 1592년 1월 경상우수사로 임명되어 전쟁 초기에는 여러 해전에서 연합작전으로 왜군에 승리하는 등 이순신 장군과 사이가 좋았으나 1593년 이순신 장군이 통제사가 되어 그의 휘하에서 지휘를 받게 되면서부터는 엄청난 갈등과 불화를 겪다가 결국 1597년 7월 칠천량해전에서 왜군에게 대패할 때 전사한다.

한편 원균의 후임으로 유극량이 임명되었으나 이번에는 사헌부가 "사람은 쓸 만하지만 가문이 미미하고 시정잡배와 어울려 다녀 체통이 서지 않을 뿐더러 위급한 상황에 대비하기 어렵다"라는 이유로 탄핵되면서 아웃되었다.

이순신 역시 류성룡의 추천에도 불구하고 사간원이 종6품(정읍현감)에서 종3품(전라좌수사)으로 오르는 파격적인 승진을 문제 삼아 반대하였으나 뜻밖에도 선조는 1591년 2월 13일 "진도군수 이순신을 전라좌수사에 제수하라" 며 임명을 강행한다.

"정읍현감 이순신은 진도군수로 발령을 받았으나 아직 군수에 부임하지도 않았는데 전라좌수사에 임명할 수는 없습니다. 아무리 인재가 모자라는 상황일지라도 이처럼 지나친 승진은 있을 수 없습니다."

사간원이 이렇게 반대하자 선조는 다음과 같이 말했다.

"이순신을 파격적으로 승진시키는 것은 나도 안다. 다만 인사규칙에 지금은 구애될 상황이 아니다. 인재가 모자라 그렇게 하지 않을 수 없다. 그 사람이면 충분히 감당할 터이니 벼슬의 고하를 따질 필요가 없다."

이때 전라좌수사로 추천된 이순신과 함께 나주목사로 추천된 이경록도 사간원이 강력하게 반대하게 되는데 결과적으로 이경록은 탈락시킨 반면 이순신 만큼은 임명을 강행한 것으로 보아 전쟁 직전만 해도 선조는 이순신을 확실하게 믿고 밀어준 것으로 보인다.

훗날 선조는 전쟁영웅으로 떠오른 이순신 장군을 극도로 시기하고 견제하며 죽이려 하였는데 전쟁 직전인 이때는 기막히게도 현명한 결정을 한 셈이다. 결과적으로 꺼져가는 조선의 희망이 되어 나라를 구하게 됐으니 정말로 역사는 아이러니하다. 불과 임진왜란 발발 1년 2개월 전의 일이라 더욱 그러하다. 이렇듯 평범한 고을 수령에 불과했고, 역사에 기록조차 되지 못할 뻔했던 이순신 장군이 드라마틱하게

리더십 박사 이재술의 **드림으로 드림하라**

▲ 한산도대첩 기념비와 거북등대

등장하는 과정에서는 전율이 느껴진다.

　결국 부산포로 나가 왜적을 맞아 싸우라는 어명을 어겼다는 이유로 한양으로 압송되어 모진 고문 끝에 우의정 정탁 등의 노력으로 겨우 목숨을 부지하고 백의종군했던 이순신 장군은 원균이 1597년 7월 칠천량해전에서 전사한 후 삼도수군통제사로 복귀하게 된다. 그리고 이해 9월 결국 12척의 배로 왜선 133척을 맞아 31척의 배를 격파하는 등 세계 해전사에서 보기 드문 명량대첩을 거두게 되면서 승기를 잡고 백척간두 기울어가는 조선을 구하게 된다.

　한산도대첩 기념비가 있는 바다를 건너 통영항에서 배를 타고 한 시간 반쯤 가면 명승 제18호로 지정된 한려수도국립공원의 '백미白眉' 소매물도를 만나게 된다. 섬 이름은 잘 몰라도 '쿠크다스섬' 하면

소매물도

"아! 그 섬" 하면서 모두 기억을 떠올릴 것이다.

얼마나 아름다운지 '쿠크다스' 라는 과자의 광고 배경이 된 지 30년이 지났지만 지금도 대부분이 기억하고 있고, 한 번 가본 사람은 감탄을 금치 못한다. 소매물도 정상인 망태봉152m에서 서쪽으로 바라다보는 등대섬은 가히 한국 최고의 절경이라 해도 손색이 없다.

소매물도는 썰물 때면 두 개로 갈라지게 되는데 '쿠크다스섬' 은 정확히 갈라져 떨어져 나간 등대섬을 말한다. 등대지기 관사를 지나

5분쯤 오르면 하얀 등대에 다다른다. 물때를 잘 맞춰야 건널 수 있지만 폭이 좁아 만조라 해도 몽돌해변 위로 허리 정도 밖에 물이 차지 않아 수영을 잘하는 사람이라면 헤엄쳐 건널 수 있다.

소매물도 선착장에서 내려 폐교를 이용하여 곱게 단장한 산장과 망태봉 산허리를 넘어 등대섬까지 다녀와도 서너 시간이면 족하다. 지금은 현대식 펜션이 선착장 부근에 많이 자리해서 하룻밤 쉬면서 섬을 천천히 둘러봐도 좋다.

▲ 이순신 장군의 장검에 새겨진 글

아쉽게도 400여 년 전 거북선의 천자총통에서 불을 뿜었던 '한산도대첩의 현장' 한산도는 쓸쓸할 만큼 사람이 적다. 한산도보다 오히려 한 시간 더 먼 바다에 나와 있음에도 소매물도는 빼어난 절경으로 관광객이 넘쳐난다. 참으로 마음이 아리다.

삼척서천 산하동색 (三尺誓天 山下動色)
일휘소탕 혈염산하 (一揮掃蕩 血染山河)
석자 되는 칼로 하늘에 맹세하니, 산과 물이 떨고
한 번 휘둘러 쓸어버리니, 피가 강산을 물들인다.

이순신 장군 동상

　세계 전쟁사에 다시 없을 23전 23승의 영웅 이순신 장군이 임진왜란 전쟁 중에 직접 사용했다는 장검에 새겨진 글귀이다.

　배부른 시절에는 배고픈 시절을 잊는다고 한다. 통영 앞바다는 수백 년 전 선조들의 우국충정이 가득했던 피비린내 나는 역사의 현장이다. 잊혀져서는 안 되는 바다이자 눈물의 섬들이다.

02

내장산과 조선왕조실록

내장산 단풍터널

내장산 우회정

　우리나라에서 단풍하면 연간 200여 만명이 찾는 정읍 내장산 763m을 가장 먼저 떠올린다.

　내장산은 가을이면 산 전체가 붉게 물들어 사람마저 붉게 물들이는데 신선대 불출봉 서래봉에서 금선계곡과 내장사로 이어지는 단풍 능선과 단풍터널은 형언할 수 없는 감탄을 자아내게 한다.

　내장산이 소재하고 있는 '정읍시 내장면'은 어머니의 고향이다. 불출봉 너머 신정리 '시암밭'이라는 곳이 있는데 그곳이 어머니가 태어난 외갓집 동네이자 정읍의 지명이 유래한 곳이기도 하다.

　정읍은 백제시대 때부터 정촌현井村縣으로 불리다가 통일신라시대

리더십 박사 이재술의 드림으로 드림하라

이후 정읍으로 불리었다고 전한다. 전라도 말로 시암은 샘(우물, 井)의 사투리이고 '촌'은 마을을 나타낸다.

정읍을 우물 동네, 즉 '샘골(고을)' 또는 '시암밭'이라고도 하는데 백제 때의 '정촌'이든 지금의 '정읍'이든, 또는 1981년 시승격할 때부터 1995년 시군통합 때까지 잠시 불리었던 '정주'든 모두 우물과는 뗄 수 없는 정읍의 또 다른 지명이다.

> 달하 노피곰 도다샤
> 어긔야 머리곰 비취오시라
> 어긔야 어강됴리
> 아으 다롱디리

이렇게 시작하는 현존 유일의 백제가요 '정읍사'도 정읍을 배경으로 한다.

아낙네가 행상을 나가 오래도록 돌아오지 않는 남편을 기다리느라 높은 산에 올라 남편이 있는 곳을 향해 초조하고 안타깝고 불안한 심정을 달에게 의탁하여 남편의 무사안녕을 기원하며 불렀다는 노래이다.

나는 어려서 정읍에서 초등학교와 중학교를 다녔는데 소풍 때는 전교생이 기다랗게 자전거를 타고 내장산을 찾았으며, 그 뒤로도 정읍에 갈 때마다 봄 여름 가을 겨울 수시로 내장산을 찾았다.

사실 내장산은 아버지가 6.25전쟁 직후 지리산에서 순창 회문산을 거쳐 북으로 올라가려는 빨치산 잔당들을 마지막으로 소탕하기 위해 전투에 투입되었던 장소이기도 해서 금선폭포, 원적암, 고내장(벽련암) 등을 찾을 때면 아버지와 함께했던 추억이 떠올라 남달리 회상에 젖는 곳이기도 하다.

특히 내가 다녔던 정읍 동초등학교는 고속도로를 빠져나와 읍내를 거쳐 내장산으로 가는 유일한 길목에 있었기 때문에 가을이면 내장산으로 오가는 관광버스가 끝없이 이어져서 장관을 이루었다.

당시 한 번도 서울에 가본 적 없는 촌놈들 눈에는 서울에서 수백 대씩 줄지어 내려오는 관광버스가 대단해 보였다. "내장산이 뭐 볼 게 있다고 이렇게 많이 오지?" 했었는데 나중에 성인이 되어 전국을 돌아보니 가히 "단풍으로는 내장산만큼 아름다운 곳은 없다"라고 단정을 지어도 손색없을 정도로 내장산은 아름다운 곳이다.

그런데 그렇게 단풍으로만 유명한 내장산인 줄 알았었는데 그 골짜기에 임진왜란 때 '천년역사' 조선왕조실록을 지키기 위해서 우리 조상들의 피눈물 나는 노력이 숨겨져 있다는 사실을 알고는 가슴이 숙연해졌다.

내장산이란 지명은 조선시대 《신증동국여지승람》에 처음 등장한다. 조선 성종 때 문인 성암(1421~1464)이 내장산을 방문하고는 내장사 경내에 있는 '정혜루기'에 남긴 기록에서 남원 지리산, 영암 월출산, 장흥 천관산, 부안 변산과 함께 내장산을 호남의 5대 명산으로 꼽았다.

그 이전에 내장산은 서기 636년 영은조사가 영은사를 창건하면서 영은산이란 이름으로 불리어 왔는데 후세에 많은 사람들이 계곡에 들어가도 양의 창자처럼 구불구불하여 잘 보이지 않는다고 하여 내장산으로 부르게 됐다고 하기도 하고, 산속에 감춘 게 많다고 하여 내장산이라 부르기도 하였다고 한다.

가을이면 형형색색 수십 만 명의 관광객들이 내장산 입구에서부터 내장사와 금선계곡까지 약 4㎞에 이르는 단풍터널의 단풍을 만끽하면서도 정작 그 안에 임진왜란 기간 중에 우리 선조들이 추위와 굶주림과 공포에 떨며 장장 370일 동안 조선왕조실록을 지켜냈던 엄청난 비밀이 숨겨져 있다는 사실을 아는 사람은 극히 드물다.

1592년 4월 부산 동래를 급습한 왜적들이 파죽지세로 북상하여 한양 도성까지 함락한 후 본진은 평양으로 진격하고 왜군 6진은 경상도 성주와 전라도 남원, 금산을 거쳐 호남의 심장 전주로 향할 채비를 하고 있었다.

    전주지역에도 5월 말부터 불안한 기운이 감돌기 시작하였고 전주 경기전에 보관해 왔던 조선 태조의 어진이나 경기전내 실록각에 보관해 오던 조선왕조실록도 절체절명의 위기를 맞고 있었다.

    조선왕조실록을 보관해 오던 4대사고 중 이미 경상도 성주, 충청도 충주, 그리고 한양 춘추관에 보관돼 있던 실록들이 모두 왜군들에 의해 불타 버렸기 때문에 전주사고 실록마저 불타 버린다면 그때까지의 조선역사는 물론 고려사 전체도 영원히 사라지게 될 순간이 다가오고 있었다.

    전주사고에는 조선을 건국한 '태조실록'부터 임진왜란 직전 '명종실록'에 이르기까지 47궤의 조선왕조실록과 고려사를 기록한 '고려

전주사고

리더십 박사 이재술의 **드림으로 드림하라**

사' 나 '고려사절요' 같은 귀중한 서적들도 보관되어 있었다.

다급함을 직감한 전라감사 이광은 전주부윤 권수, 경기전 참봉 오희길 등과 함께 실록의 피란대책을 세우고 있었는데 이때 정읍 태인현에 살던 유생 안의(1529~1596)와 손홍록(1537~1610)이 무엇보다 실록이 걱정되어 사비를 털어 식솔 30여 명을 이끌고 전주 경기전으로 달려왔다.

이들은 고민 끝에 가장 안전하다고 생각한 정읍 내장산 금선계곡 용굴과 은봉암에 실록을 숨기기로 하고 7일 동안 수십 마리의 말과 인원을 동원하여 전주에서 정읍 내장산까지 고생하며 걸어서 임진년 6월말에 피란을 완료하였고 이후 장장 370일 동안 이 실록들을 지키기 위해 추위와 비바람, 굶주림과 언제 닥칠지 모르는 왜군의 공포에 맞서며 사투를 벌인 끝에 실록을 지켜내었다.

이때 안의는 64세의 노인이었고 손홍록도 56세로 당시로서는 적지 않은 나이였는데 오직 실록을 지켜내야 한다는 사명감으로 결실을 본 것이다.

이들이 옮긴 물동량을 궤짝으로 따지면 60여 궤, 책수로 따지면 실록이 830책, 고려사 등 진귀본이 538책에 이르는 어마어마한 물량이었다.

안의와 손홍록은 당대 호남지역 대학자였던 일재 이항에게서 동문

▲ 용굴암

수학한 제자들이었다. 안의는 대제학을 지낸 안지현의 손자였고, 손
홍록은 부제학을 지낸 손비장의 증손자이자 한림벼슬을 지낸 손숙로
의 아들로서 둘 다 명문가의 후손임을 알 수 있다.

《임계기사》에 기록된 〈수직상체일기〉에는 내장산 용굴암 등에서
안의와 손홍록이 교대로 숙직하며 실록을 지킨 내용들이 빽빽이 일기
형식으로 기록되어 있다.

안의와 손홍록이 함께 숙직한 날이 53일, 안의 혼자 지킨 날이 174
일, 손홍록 혼자 지킨 날이 143일로 도합 370일에 이른다.

전쟁이 장기전에 들어선 이듬해 내장산에 보관되어 있던 실록은
선조의 어명에 따라 1593년 7월 9일 정읍현감 유탁의 주도하에 정읍

리더십 박사 이재술의 드림으로 드림하라

현에 옮겨졌다가 7월 11일 충청도 아산으로 옮기면서 이들의 눈물겨운 경계는 끝이 난다.

충청도 아산과 강화도 마니산을 거친 실록은 다시 평안도 묘향산으로 옮겨지게 되는데 전쟁이 끝난 후 조선은 불타 버린 실록의 전철을 밟지 않기 위해 4개의 간행본을 새로 인쇄하여 한양 춘추관을 제외하고는 강원도 태백산, 오대산, 평안도 묘향산, 강화도 마니산과 같은 깊은 산중에 실록을 보관하였다.

안의와 손홍록의 눈물겨운 충정을 전해 들은 충청도 감찰사 이산보의 장계로 선조는 별제(6품)의 벼슬을 내렸지만 이들은 "나라를 위한 일이었을 뿐"이라며 고사했다.

안의, 손홍록 외에도 무사 김홍무와 승려 희묵, 그리고 사당패 100여 명 등도 함께 실록을 지켜냈는데 이들로 인해 조선왕조실록이 오

▲ 조선왕조실록

정읍시 칠보면 소재의 남천사

늘날 유네스코 세계기록유산으로 빛을 보게 된 것은 물론 문화민족으로서 자긍심을 세계만방에 자랑하게 될 수 있게 되어 감사하다.

그러나 1676년(숙종2년)에 창건된 정읍시 칠보면 남천사에 두 분의 위패가 모셔진 이래 오늘날 대부분의 사람들이 이러한 사실을 기억하지 못하는 현실을 보면 우리의 역사 교육이 제대로 된 것인지 의구심을 떨칠 수 없다. 목숨을 내걸고 역사를 지켜낸 그분들에게 한없이 미안하기도 하다.

의 수장, 양현석!

셰프의 선구자
에드워드 권!

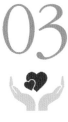

03

양현석과 에드워드 권

무중생유無中生有라는 말이 있다. 흔히 중국의 병법서 '삼십육계' 중 제7계에 나오는 말이다.

이 말은 원래 노자의 《도덕경》 제 40장에 '천하만물생어유(天下萬物生於有) 유생어무(有生於無)' 즉 '천하만물은 유에서 생겨나고 유는 무에서 생겨난다' 는 말에서 유래된 것이다.

무중생유, 나는 무無에서 유有를 창조하는 사람을 좋아한다. 시골 강촌 출신에다 '맨땅에 헤딩하기' 로 지금까지 살아왔던 나로서는 아무래도 흙수저 출신들이 열심히 사는 모습을 보면 안아주고 싶을 정도로 공감한 것이 현실이다.

내가 공직생활을 하면서 이순신 장군과 정약용의 《목민심서》를 배우자고 동료들에게 수없이 얘기하면서 그에 못잖게 많이 얘기하는 사람이 YG 양현석과 에드워드 권이다.

나는 그들과는 전혀 모르는 사이다. 그럼에도 불구하고 그들을 귀감으로 삼아 얘기하는 이유는 흙수저 출신으로서 도저히 이룰 수 없을 것만 같았던 최고의 엔터테인먼트사 대표로 성공하여 이 시대 대중문화를 선도하는 자리에 우뚝 섰기 때문이다.

1992년 여름 무렵 대전에서 근무하고 있을 때의 일이다.

그해 여름 TV만 틀면 이상하게 생긴 젊은애들 셋이 나와서는 "난 알아요. 이 밤이 흐르고 흐르면~~" 하면서 기존의 유행가 패턴과는

▲ 서태지와 아이들

전혀 다른 리듬에 우리의 정서와는 맞지 않는 가사가 배인 노래를 부르는데 참 듣기 거북했다.

더군다나 그들의 차림새는 더욱 가관이었다. 헝클어진 머리는 노랗게 물들였고, 남자애들이 귀걸이를 하는가 하면 엉덩이에 걸친 헐렁하고 통 큰 바지는 곧 흘러내릴 것만 같았다. 이들의 이상한 용모와 복장, 춤과 노래가 내게는 차마 눈뜨고 볼 수 없는 지경이어서 나는 이들이 나오기만 하면 채널을 돌리거나 꺼버렸다.

그럼에도 불구하고 '이 이상한 아이들'의 노래는 아무리 끄고 또 꺼도 끊임없이 흘러 나왔는데 이들이 바로 우리나라 가요계의 흐름을 바꾼 '서태지와 아이들'이었다. 그리고 그들은 얼마 지나지 않아 내

▲ JYP 박진영 대표

▲ SM 이수만 대표

의사와는 상관없이 그 해 가요계를 완전히 평정해 버렸다.

당시는 참으로 보고 싶지도 않았고, 듣고 싶지도 않았다.

그런데 그로부터 얼마 지나지 않아 놀랍게도 그들보다 더 이상한 가수가 나타났다. 얼굴은 엄청 까맣고 맨몸에 망사 비슷한 옷을 걸쳐 입고는 흑인풍 노래를 부르는데 들어주기에 무척이나 거북했다. 역시 적응이 안 되어서 이 가수만 나오면 채널을 돌려 버렸는데 그가 바로 오늘날 JYP의 박진영이다.

나는 SM엔터테인먼트의 이수만 대표 같은 사람이 편안하게 느껴진다. 대학시절에는 잔잔하면서도 서정적인 그의 노래를 곧잘 따라 불렀고, 그가 라디오나 TV에서 DJ나 MC로 활약할 때는 공부로 지친 심신을 달래줘서 상당 부분 위로도 받았다.

'모든 것 끝난 뒤', '파도', '행복' 등은 당시 매우 히트했던 그의 노래들이다. 이수만의 노래는 지금도 들으면 행복하다. 그중에서 가장 즐겨 불렀던 노래 '파도'의 일부이다. 이수만의 노래는 매번 이런 식이다.

외로운 내 마음이
불러보는 옛 노래
언젠가 당신이 불러준
그리웠던 그 노래

지금은 어디에서
그 노래를 부를까
그리워 찾아온 바닷가
파도만 밀려오네

아~~~ 내 님아
사랑하는 내 님아
아~~ 내 님아
야속한 내 님아~~~

이수만은 K-POP의 선두주자이다. '아이돌'이라는 말이 익숙하지 않았던 시절부터 앞으로 아이돌 시대가 올 것을 예측하고는 SM엔터테인먼트를 설립하고 프로듀서로서 첫발을 내디뎠다.

HOT, 신화, 동방신기, 슈퍼주니어, 소녀시대, EXO, 레드벨벳 등 1990년대부터 최근까지 SM이 배출한 최고의 인기가도를 달리는 아이돌 가수는 이루 헤아릴 수 없을 정도로 많다. 그의 혜안과 실력에 감탄하지 않을 수 없는 이유이다.

이수만과 동시대의 인물로 김만수라는 가수가 있다. '그 사람이 누구지?' 하다가도 "하늘과 땅 사이에 꽃비가 내리더니, 오늘은 공원에서 소녀를 만났다네~~~." 이 노래를 들려주면 바로 기억한다. 제목이 '푸른 시절'이라는 노래다. 자그마한 키였지만 잘 생기고 귀여운 외모로 아마도 당시에는 이수만보다 더 인기가 있었던 걸로 기억한다. 그러나 지금은 그의 존재를 기억하는 사람이 별로 없는 듯하다.

그렇듯 세월이 흐르면서 많은 변화가 일어난다. 그들 중에 눈부시게 성공하는 사람이 있는가 하면 힘겹게 살아가는 이도 있는 것이다.

'쓰지 않으면 퇴화한다'는 프랑스의 진화론자 라마르크(Lamarck, Jean Baptiste, 1744~1829)의 '용불용설'이나 영국의 역사학자 토인비(Arnold Joseph Toynbee, 1889~1975)의 '도전과 응전의 원리'처럼 도전에 대한 응전이 인간사회의 문명과 역사를 발전시키는 바탕이 된다는 법칙을 절로 생각나게 하는 대목이다.

현재 대한민국 연예계는 이수만의 SM, 박진영의 JYP, 양현석의 YG 등 3대 엔터테인먼트가 평정하고 있다. 마치 '신삼국지'를 보고 있는 듯하다. 내가 그들을 보는 눈도 많이 달라졌다.

그중 양현석과 박진영의 변화는 매우 놀라웠다. 도대체 수긍이 안 가는 변화였다.

그렇다면 무엇이 이들을 이렇게 변화시켰을까. 난 참으로 궁금했다.

내가 그렇게 보기 싫어했던 박진영이 '원더걸스'를 기존과는 획기적으로 다른 원초적 걸그룹으로 키워내는 걸 보고 '그 박진영이 맞아?' 하며 반신반의했다. TV 프로그램에 나와서는 '맨땅에 헤딩하기'로 미국 연예계에 진출하고자 했던 일화를 소개할 때 비로소 그의 진면목을 보게 되었다. 그런 피눈물 나는 노력으로 오늘날의 JYP가 있었을 것이다. 어느 순간부터 나는 채널을 돌리지 않고 그를 본다.

TV 신인등용문 프로그램에 나와서는 리듬에 맞춰 고개를 끄덕이며 흥겨워하면서 촌철살인의 멘트로 심사평을 하는가 하면, 때로는 눈물도 쏟게 하는 따뜻한 언사로 심사의 변을 밝히는 박진영을 보면 감탄하게 된다. 나는 이제 그를 좋아하는 팬이 되어 버렸다.

양현석은 YG의 대표이다. '서태지와 아이들'에서 주인공이었던 서태지가 아니다. 뒤에서 같이 백댄서를 하던 2명중 동료 이주노에 비해 춤도 잘 추지 못했던 바로 그 사람이다. 그런 그가 지금은 대한민국 연예계를 평정하다시피 하고 있다. 놀라울 따름이다.

얼마 전 동료가 구속될 위기에 처하자 많은 빚을 대신 갚아줬다는 기사를 본 적도 있다. 도대체 그는 어떤 사람일까? 한때는 매우 싫어했던 그가 모자를 꾹 눌러쓰고 박진영과는 또 다른 눈으로 날카롭게 심사하는 걸 보면 이젠 그가 잘 생겨 보이기까지 한다.

내가 알기로는 연예계 '신삼국지'(SM, YG, JYP) 대표 중 그는 학력이 약한 편에 속한다. 이수만은 소위 명문대라 일컫는 서울대를 나왔고, 박진영도 의외(?)로 연세대를 나왔다.

양현석이 금수저에 고학력이었다면 애초에 관심조차 없었을 것이다. 아마 그래서 YG를 더 관심 있게 보아왔고 그의 변화에 놀라움을 금치 못했던 것이다.

나는 YG 양현석의 매력에 빠져 자료를 찾아보기 시작했다. 1970년 생, 경기 광명공고 졸업이 최종 학력이다.

이태원에서 춤을 추던 무명댄서 시절 형편이 어려워서 단칸방에 세 들어 살았는데 당시 힙합 춤의 대세였던 이주노가 소개하여 가수 박남정의 백댄서로 일하다가 연예계에 진출하였다고 한다.

1991년 서태지와는 같은 업소에서 전속밴드와 댄서로 만나 춤을 가르쳐주다 '서태지와 아이들'을 결성하게 되었다. 당시 강남 아파트 가 5,000만원 정도였던 시절 양현석에게서 춤을 배우고자 했던 서태 지에게 한 달에 150만원씩 3개월간 450만원의 댄스강습료를 받고 춤 을 가르쳤다 한다.

양현석은 '서태지와 아이들'로 성공한 후 팀이 해체되자 잠깐 솔 로 가수활동을 했었고, 이후 YG엔터테인먼트의 전신인 '양군기획' 을 만들어 그때부터 지금까지 제작자의 길을 걷고 있다.

'서태지와 아이들'은 대한민국 대중가요계의 역사에서 중요한 획 을 그은 인물들로서 절대로 빼놓을 수 없는 존재들이다. 그렇지만 당 시 주인공이었던 서태지는 잊혀져가고 이주노도 사라졌지만 양현석 은 현재까지도 가장 왕성하게 존재감을 드러내며 대한민국 연예계에 우뚝 서있다.

양현석은 우리나라의 많은 젊은이들에게 꿈과 희망을 주는 듯하다. 우리가 알지 못하는 눈물겨운 노력과 미래를 보는 통찰력, 혜안 그리고 뛰어난 리더십이 오늘의 그를 만들었을 것이다.

공부만이 대세였던 그 시절에 미운 오리새끼마냥 춤과 노래만 열중하고 공부에는 등한시했을 그가 한심해 보였을지도 모른다.

우등생만 우대하는 학교, 가정, 사회의 시각으로 볼 때 그가 적응해 가는 세상은 쉽지 않았을 것이다. 그럼에도 불구하고 현재 그는 우뚝 서 있다. 정말 놀랍고 또 놀랄 일이다.

연예계에 양현석이 있다면 요리계에는 에드워드 권이 있다. 지난 2월 25일에 끝난 평창 동계올림픽의 특선 메뉴를 개발한 사람이다.

본명 권영민, 1971년생, 지방의 전문대 조리학과를 나와 홀연히 미국으로 떠나 호텔에서 요리를 배운 뒤 아랍의 7성급 호텔 주방장을 거쳐 국내로 들어와 각종 TV 출연과 광고, 그리고 고급 레스토랑을 운영하면서 연예인 못지않은 인기를 누리고 있다.

다소 경력이 부풀려졌다고 따가운 언론의 비판을 받았음에도 불구하고 '요리사'에서 '셰프'라는 낯선 이름을 널리 알렸다. 요즘은 각종 매체에 우후죽순처럼 등장하는 셰프의 선구자이기도 하다.

열정을 요리하다
에드워드 권

에드워드 권은 원래 신학과에 가고 싶었다고 한다. 부모의 반대로 신학과에 가지 못하게 되자 가출을 하였고 이어 대학입시에는 실패를 한다.

재수하는 동안 '밥은 먹여 주겠지' 싶어 서울 왕십리 어느 경양식 집에 웨이터로 취직한 것이 계기가 되어 전문대 조리학과에 진학하게 되었고, 오늘의 셰프 에드워드 권이 탄생되었다.

아무도 주목하지 않았을 무명의 웨이터 시절, 그리고 지방의 전문대 조리학과 재학생에서 스타 셰프가 되기까지 그 역시 피눈물 나는 노력과 설움, 역경 속에서도 강한 의지와 꿈, 비전, 역동성 등으로 성공했을 것이다.

나는 오늘도 방황하는 아이들을 많이 본다. 아마 그건 나의 시각이고 편견일 수도 있다. 그래서 그들의 눈으로 세상을 바라보려 노력한다. 내가 보는 그들 세상과 그들이 보는 세상은 분명히 다를 것이다.

조금만 그들에게 관심을 주고 그들이 잘 하는 특기를 계발할 수 있도록 도와주고 그들의 열정을 그들의 시각에서 바라봐준다면 또 다른 양현석과 에드워드 권은 계속 나올 것이다.

아이들이 잘 되도록 챙기고 격려하는 것은 당연하겠지만 아이의 뜻을 전혀 무시한 채 혹시 부모의 입장에서만 바라보는 것은 아닌지 한 번쯤은 멈추면서 생각해 볼 일이다. 공부는 뒷전이고 오락만 한다고, 운동만 한다고, 춤만 춘다고 너무 나무라지만 말고 대화하면서 아이들의 꿈과 희망을 경청해 볼 필요가 있다.

할아버지의 경제력, 엄마의 정보력, 아빠의 무관심 등의 3대 요소가 아이를 좋은 대학에 합격시키는 비결이라는 우스갯소리가 있다. 학력지상주의의 단면을 보는 것 같아 참 씁쓸하다.

이제 우리나라는 공부가 아니어도 성공하는 시대가 왔다. 사회 각 분야에서 열심히 일하며 두각을 나타내는 젊은이들을 보면 대견하다.

때론 어른들이 모르는 소중한 꿈을 꾸면서 오늘도 열심히 살아가는 그들을 보면 정말 이쁘지 아니 한가? 그들의 푸르른 꿈을 격려해 주자. 자랑스런 대한민국의 아들딸들이다.

04

드림으로 드림하라

코이^{koi}라는 물고기가 있다. 세상에서 가장 예쁜 물고기 중의 하나로 꼽히며, 빨강과 노랑, 황금색 등 형형색색 화려한 색상을 자랑한다. 1900년대 이전까지 중국에서 주로 논에 풀어 키우던 것을 일본과 영국 등 유럽지역에서 관상용으로 키우면서 전 세계로 퍼져 나갔다.

코이는 자기가 살아 숨쉬는 환경의 크기에 따라 자신의 몸집 성장을 바꾸는 특성이 있다. 작은 어항에서는 단지 5~8cm 밖에 자라지 않지만 좀 더 큰 연못에서는 15~25cm까지 자라고, 그보다 큰 강물에서는 무려 90~120cm까지 자란다고 한다.

코이가 우리에게 시사해 주는 것은 우리가 꿈꾸는 세상의 크기에 따라 우리가 사는 현실이 달라질 수 있다는 이야기가 아닐까 싶다.

20세기 최고의 지성이며, 현대 경영학의 창시자로 불리는 피터 드

▲ 환경에 따라 몸집 크기가 다르게 성장하는 물고기 - 코이

러커(Peter Ferdinand Drucker, 1909~2005)는 '사람은 꿈의 크기만큼 자란다'는 명언을 남겼다. 사람들은 자신이 스스로 설정한 기준, 즉 자신이 성취하고 획득할 수 있다고 생각하는 바에 따라서 성장한

다. 만약 어떤 사람이 자신이 되고자 하는 기준을 낮게 잡으면 그는 그 이상 성장하지 못하는 반면, 자신이 되고자 하는 목표를 높게 잡는 다면 그는 위대한 존재로 성장한다는 것이다.

그러면서 그는 자신의 인생을 바꾼 7가지 경험을 이야기했다. 19살 부터 42살까지 청년시절을 거치면서 인생의 전환점이라 할 수 있는 일곱 가지 교훈을 정리한 것이다.

첫째, 목표와 비전을 가져라. 완벽을 추구해라.

둘째, 아무도 안 본다고 생각할지 모르지만 신(神)들이 보고 있다.

셋째, 끊임없이 새로운 주제로 공부하라. 나는 50년 이상 3~4년마 다 주제를 바꾸어 계속 공부해 오고 있다.

넷째, 자신의 일을 정기적으로 검토하라. 잘 한 일과 잘 못한 일을 분석하고 앞으로 할 일을 계획하라.

다섯째, 새로운 일이 요구하는 것을 배워라. 과거에 머무르면 무능 해진다.

여섯째, 피드백feedback 활동을 해라. 실제 결과와 자신이 예상했던 결과를 비교해 보라.

일곱째, 어떤 사람으로 기억되기 바라는가. 사는 동안 다른 사람의 삶에 변화를 일으킬 수 있어야 한다.

피터 드러커는 이러한 방법들을 실천하면서 자신의 목표들을 이룰 수 있었고, 또한 끊임없이 피드백하며 성장할 수 있었다.

'역사상 알려진 유일하고도 확실한 학습방법은 피드백이다.'
— 피터 드러커

영국의 북쪽 바다에서는 청어가 잘 잡힌다고 한다. 청어잡이를 하는 어부들의 가장 큰 고민은 어떻게 하면 런던항구까지 청어를 살려서 운반할 수 있느냐 하는 것이었다. 살아있는 청어는 죽은 청어의 몇 배 값을 받을 수 있으니 모두가 살려서 운반하려 했지만 대부분이 실패하였는데 유독 한 어부만 싱싱하게 살아있는 청어를 항상 수송해오는 것이었다.

동료 어부들이 모두 궁금해 하였으나 좀처럼 입을 열지 않던 그 어부가 마지못해 한 친구에게 알려준 비밀은 의외로 간단했다.

"나는 청어를 넣은 어창魚艙에다가 바다메기를 한 마리씩 넣네. 이게 내가 산 채로 항구까지 청어를 운반할 수 있는 비밀일세."

그러자 동료 어부가 의아해 하며 되물었다.

"그러면 메기가 청어를 잡아먹지 않는가?"

"맞네, 메기란 놈이 분명 청어를 잡아먹는 건 사실이지만 한두 마리 먹으면 배불러서 더 이상 잡아먹지를 못하지~~. 그러나 계속 헤

▲ 인류의 역사는 도전과 응전의 역사, 청어와 물메기 이야기

엄처 다니기 때문에 다른 수백 마리의 청어들은 잡아먹히지 않으려고 정신없이 계속 도망다니기 때문에 런던항까지 살려서 돌아올 수 있었던 것이네."

메기로부터 살기 위한 몸부림이 결국 청어들을 살아있게 한 것이다. 오늘 우리를 힘들게 하는 고통과 고민들도 결국 우리를 살아있게 하는 원동력은 아닐까 생각해 본다.

위 이야기는 역사학자 토인비가 즐겨 인용했던 이야기이다. 토인비는 《역사의 연구》에서 인류의 역사를 '도전과 응전'으로 설명하였다. 그는 외부 도전에 효과적으로 응전했던 민족이나 운명은 살아남을 수 있었지만 그렇지 못한 민족이나 문명은 소멸하였다고 주장했다. 개인도 마찬가지이다.

나는 몇 해 전 일본 북쪽 지방을 여행한 적이 있다. 처음으로 장모님을 모시고 가족들과 함께한 여행이었는데 아내가 너무 좋아해서 여자들은 뭐니뭐니 해도 친정이 제일이구나 느끼게끔 해 준 여행이었다. 북해도의 풍경은 대체적으로 제주도와 비슷했다. 푸르른 바다, 맑은 호수, 울창한 숲길 등이 매우 아름다웠고 깨끗했다.

북해도 땅끝마을이라는 무로란의 지큐미사키 바다는 끝없이 둥글게 수평선이 펼쳐져 있어서 지구가 둥글다는 것을 직접 눈으로 확인할 수 있는 매우 인상적인 곳이었다. 그리고 최남쪽 하코다테 항구는 나가사키, 고베와 함께 일본의 3대 야경을 자랑한다고 하는데 로프웨이로 하코다테야마334m 산 위에 올라 내려다보는 항구의 야경은 충분히 자랑할 만했다.

하코다테에서 신칸센을 타고 쓰가루 해협 해저터널을 이용하여 약 15분 정도 남쪽으로 내려가면 일본의 본토인 혼슈섬, 가장 북쪽 사과의 고장 아오모리를 만난다. 600여 종 최상급의 사과를 생산하는 곳이다. 우리나라로 치면 사과로 유명한 경상북도 정도 될 것이다.

1991년 이 아오모리현에 큰 태풍이 불어닥쳐 90% 이상의 사과가 땅에 떨어져 못쓰게 되었다. 모든 농부가 낙심하여 실의에 빠져 있을 무렵 한 젊은 청년이 고심 끝에 기발한 아이디어를 생각해 냈다.

"저 거친 태풍에도 끄떡없이 떨어지지 않는 사과라면 어떤 시험에도 떨어지지 않는다. 이 사과를 먹으면 반드시 합격한다. 이 사과를 '합격사과' 라고 하자" 하며 내다 팔기 시작했는데 놀랍게도 소문을 들은 사람들이 너도나도 앞 다투어 사과를 사간 끝에 10배 이상 비싼

▲ 합격사과

값으로 모두 팔 수 있어서 오히려 그 전해보다 더 큰 이윤을 남길 수 있었다고 한다.

한 젊은 농부의 지혜가 모두를 살린 셈이다. 똑같은 사례를 다르게 바라보고 위기에 대처하는 사례는 얼마든지 많다.

구전되어 내려오는 이야기 중에 지혜로운 며느리 이야기가 있다. 어느 양반가 부잣집에 약간 모자라는 외동아들이 있었는데 장가를 갈 때가 되자 아버지는 몹시 걱정이 되었다. 자기가 죽고 나면 가업을 유지하기가 힘들 텐데 현명한 며느리를 들이지 않으면 집안이 망할지도 모른다는 생각에 잠이 오지 않았다.

고심 끝에 아버지는 며느리를 구한다는 소문을 내고 돈 많은 부잣집에서 편하게 살 생각에 구름처럼 찾아온 며느리 후보들에게 한 가지 숙제를 내주었다.

방 한 칸을 내주고 쌀 한 되를 줄 테니 한 달을 살아보라는 것이었다. 대부분의 처자들은 쌀 한 되를 받아든 후 30일분으로 나누고, 또 그것을 하루 3끼 분으로 나눠서 밥을 해 먹다가 도저히 배고파서 몰래 부엌에 들어가 밥을 훔쳐 먹거나 산과 들에 나가서 풀뿌리를 캐먹다가 포기하고 돌아가기 일쑤였다.

그러던 어느 날 어느 한 처자가 오더니 쌀 한 되를 받아들고 밥을 배불리 해 먹은 후 그 집에서 일하던 하녀에게 "내일부터 밖에 나가 일할 테니 밭일과 바느질감 등 일감을 좀 구해 달라"고 부탁하는 것이었다.

그리고는 팔을 걷어붙이고 집안 곳곳을 깨끗이 쓸고 닦기 시작했다. 이튿날부터 밖에 나가 일한 처자는 한 달 후 쌀 한 되를 쌀 두 가마니로 불려 놓았다. 그 처자가 며느리로 발탁된 것은 당연한 일이다.

똑같은 상황을 전혀 다른 결과로 도출하는 것은 그 사람의 능력이다. 열린 사고 열린 마음은 그 출발점이라고 본다.

미국의 실용주의 철학자이자 심리학자인 윌리엄 제임스(William James, 1842~1910)는 자신에 대한 믿음과 신뢰가 성공으로 가는 첫걸음이라고 했다. 인간이 실패하는 단 한 가지 이유는 자신에 대한 진정한 믿음이 부족하기 때문이라는 것이다.

그러면서 그는 '행복해서 웃는 것이 아니라 웃어서 행복한 것이다' 라는 명언을 남겼다. 사람은 생각에 따라 마음과 행동이 변하기 때문에 적극적이고 능동적인 태도가 인생을 변화시킨다고 했다. 성공하고 싶다면 성공한 사람처럼 행동하라고도 했다.

생각이 바뀌면 행동이 바뀌고

행동이 바뀌면 습관이 바뀌고

습관이 바뀌면 인생이 바뀐다.

- 윌리엄 제임스

10년 후, 20년 후 눈부시게 화려한 나의 모습을 상상하며 오늘 조금 힘들더라도 이겨 나가자.

세상은 생각하는 대로 이루어진다.

꿈처럼 생각하면 꿈처럼 이루어진다.

오늘의 피와 땀과 눈물이 내일의 화려한 나를 있게 할 것이다.

05

다산초당과 완도 명사십리

추운 겨울이 서서히 물러나고 봄바람이 살랑살랑 불어오면 남도 바닷가에도 수줍은 새악시 볼처럼 불그레한 동백꽃이 피어난다. 여수 향일암이나 오동도의 동백도 아름답지만 어딘지 쓸쓸해 보이는 강진 백련사 동백은 가슴이 아리다.

서울에서 4시간 가량을 달려 강진 바닷가에 이르면 동백꽃 대궐로 에워싼 듯한 백련사가 나오고 1km쯤 떨어진 곳에 다산초당이 산중턱에 함초롬히 자리잡고 있다.

통일신라시대 때 창건했다는 백련사 대웅전 기둥에 서서 해풍을 맞으며 바라보는 강진만 봄바다는 참 애틋한 느낌이다.

대웅전을 지나 좌측으로 나있는 다산초당으로 이어지는 오솔길은

▲ 백련사 전경

수백 그루의 동백나무가 하늘을 가릴 듯 빽빽하게 서있고 곳곳에 차
밭도 많다. 다산茶山이란 호도 정약용(丁若鏞, 1762~1836)이 머물던 강
진 귤동 뒷동산 차밭에서 붙여진 이름이라 한다.

　백련사에서 내려와 다산초당 주차장에서 10여 분 가볍게 오르면
모두 네 개의 누각으로 이루어진 다산초당이 있다.

　주차장에서 오르지 않고 백련사에서 직접 20여 분 걸어서 오솔길
을 따라갈 수도 있는데 더 호젓하다.

　산허리를 돌아 제일 먼저 마주한 정자가 천일각天一閣이다. 다산이
같은 시기에 신안 흑산도로 유배간 둘째형 정약전을 그리워하며 눈물
을 흘린 곳이라는데 유배시절에는 없었으나 그 뜻을 기려 근래 강진
군에서 세운 것이다.

　정약용은 특히 둘째형인 약전을 어려서부터 잘 따랐고 유배생활
중에도 심적으로 많이 의지하며 각별한 관계를 유지하였다. 아버지
정재원은 두 명의 부인이 있었는데 약전, 약용은 둘째 부인인 윤씨 소
생이다. 어머니 윤씨는 '자화상'으로 유명한 공재 윤두서의 손녀이기
도 하다.

　정약용은 강진 유배생활 중에도 어머니 해남윤씨 집안의 도움을
받으며 지내게 된다. 이복형인 큰형 정약현과 셋째형 약종, 그리고 조
선 최초의 천주교 영세자인 이승훈의 아내가 된 누이 한 명이 더 있었

▲ 천일각

다.

《다산시문집》 제21권에 기록되어 있는 형 약전을 잃고 쓴 내용만 보더라도 아내보다, 자식보다도 둘째형 약전은 정약용에게 더 특별했던 존재로 보인다.

"외로운 천지 사이에 우리 손암^{정약전} 선생만이 나의 지기였는데 이제는 잃어버렸으니 비통하다. 나를 알아주는 이가 없다면 차라리 진즉에 죽는 것만 못하다. 아내도, 자식도, 형제도 모두 나를 알아주지 못하는 처지에 나를 알아주던 우리 형님이 돌아가셨으니 어찌 슬프지 않으랴."

천일각 바로 옆에 조그마한 암자 동암^{東庵}이 있다. 다산이 초당에 있는 동안 대부분의 시간을 이곳에서 보내며 집필했다 하는데 목민관이 지녀야 할 정신과 실천방법을 적은 《목민심서》도 이곳에서 완성했다.

동암을 거쳐 다산이 직접 만들었다는 조그마한 연못을 지나면 본채인 다산초당이 나온다. 1957년 기와집으로 다시 지었지만 원래는 초가집이었다.

그 왼편으로 서암西庵이 있다. 작은 암자로 초라한 모습이다. 안경을 낀 모습의 다산이 모셔져 있는 다산초당 마루에 앉아 다산의 유배시절을 생각해 보았다.

다산은 유배생활 중 백련사를 오가는 길에 사색을 일삼았고 후학을 가르쳤다. 초연하다시피 자연과도 잘 어울렸으며, 특히 꽃을 좋아했다. 《여유당전서》에 실려 있는 '다산팔경사'와 2500수가 넘는 방대한 다산의 시집에는 다산의 강진 유배생활을 잘 나타내고 있다.

담장 옆 작은 복숭아나무, 문발에 부딪히는 버들가지, 봄날 꿩 울음소리, 가랑비에 물고기 먹이주기, 비단바위를 휘감은 단풍나무, 못에 비친 국화꽃, 언덕 위 대나무의 푸르름, 골짜기에 가득한 소나무 등이 다산팔경사 주인공들인데 주변의 일상 풍경을 함축적인 시로 표현하며 즐긴 듯하다.

정약용은 지금의 팔당댐 부근인 경기도 광주군 초부면 마현리지금의 남양주 능내에서 진주목사 정재원의 넷째 아들로 태어났다.

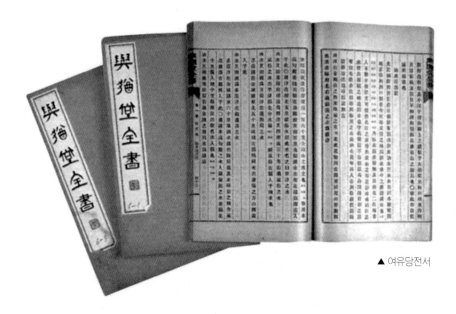

▲ 여유당전서

1789년(정조13년)에 28세의 나이로 장원급제하여 정조의 총애를 받으며 승승장구하다가 1800년 8월 정조가 죽고 난 직후 정적이었던 정순대비에 의해 박해를 받으며 신유사옥辛酉死獄 때 2번의 유배를 떠나게 된다.

신유박해 또는 신유사옥은 1801년(순조1년)에 정순대비(영조의 계비, 정순왕후)가 사교邪教로 확정 지은 천주교를 엄금하라는 명을 내리고 이를 계기로 반대파인 남인시파를 무자비하게 학살하고 탄압한 사건을 말한다.

사건이 발생하게 된 원인은 1762년에 발생한 정조의 아버지 사도세자의 죽음을 둘러싸고 벽파와 시파로 나뉘어 대립하다가 1776년에 정조가 즉위하면서 이 두 계파가 더욱 치열하게 싸움을 벌였던 때부터 거슬러 올라간다.

시파, 벽파로 분리되면서 노론, 소론, 남인, 북인 등 4색 당파는 명색만 남고 정국은 이 두 파로 재편된 것처럼 보일 정도로 그 분립은 확연해졌다.

세자를 공격해 자신들의 무고를 합리화하려고 했던 벽파僻派는 주로 대부분 노론계통이었으며 사도세자를 동정하는 입장이었던 시파時派는 대부분 남인 계통이었다.

영조때는 주로 노론이 정국주도권을 잡았으나 정조가 즉위하면서부터는 영조의 탕평책을 계승하기는 하였지만 남인세력을 본격적으로 등용하여 결과적으로 노론의 불만이 커졌다.

1800년 8월 정조(1752~1800)가 48세를 일기로 갑작스럽게 사망하고 순조가 즉위하자 1801년 수렴청정을 하던 대왕대비 김씨는 김용주, 김관주, 김일주 등 대비의 형제들을 동원하여 눈엣가시였던 정조의 개혁정치를 타파하고 측근들을 제거하고자 왕실을 위협하는 천주교를 금禁한다는 구실로 남인 시파에 대한 대대적인 숙청과 탄압을 가한다.

이때 실학의 대가와 서양문물에 눈을 뜬 조선의 선구자들은 대부분 남인이었으며, 또한 천주교도들이었다. 이를 잘 알고 있는 정순대비는 이들을 뿌리뽑듯이 천주교도 이승훈, 정약용의 스승 권철신 등 140명을 죽이고 400여 명을 유배시켰다.

이때 조선 후기의 대표적 사상가인 다산 정약용과 형제들도 끌려가 모진 고문을 받았다. 셋째형 약종은 옥중에서 맞아 죽었고, 둘째형 약전은 전라남도 완도 신지도로 유배되었으며, 다산은 장기로 1차 귀양을 간다.

다산은 장기에서 1801년 3월부터 220일 동안 '동문관일출' 등 130여 편의 시와 '삼창고훈' 등 6권의 책을 저술하며 생활하다가 그 후다시 불거진 '황사영 백서사건'에 연루되어 겨우 죽음만을 면한 채 18년 동안 기나긴 유배생활을 하게 된다. 둘째형 약전도 완도 신지도에서 흑산도로 유배지를 옮기게 되는데 결국 약전은 1816년 우리나라 최초의 해양생물학 전문서적이라고 할 만한 불후의 명작《자산어보》를 남기고 유배중에 사망하고 만다.

'황사영백서사건'이란 신유박해로 청나라 신부 주문모 등이 처형되자 주문모에게 세례를 받은 황사영 정약현의 사위이 탄압의 실태와 이에 대한 대책으로 프랑스함대를 보내어 조선정부에게 압력을 가하는 게 좋겠다는 내용의 편지를 흰 비단에 적어 북경에 있는 프랑스 주교 구베아에게 보내려다가 사전에 발각된 사건을 말한다. 조정에서는 이 사건을 계기로 관련자 황사영 등을 모두 처형하고 정약전은 흑산도로, 정약용은 강진으로 이배시켰던 것이다.

다산초당은 다산이 1808년부터 1818년 귀양에서 풀릴 때까지 11년 동안 머무르면서《목민심서》《흠흠신서》《경세유표》를 비롯하여 500여 권의 저서를 집필한 장소이다.

천리 먼 길 남도 땅 강진까지 유배를 와서 18년이라는 긴 시간 동안 후손들에게 보물 같은 500여 권의 책들을 남겨준 것이다.

다산을 유배시켜 뛰어난 명저들을 탄생하게 하는데 결과적으로 일조한 정순대비는 피비린내 나는 보복정치로 조선의 뛰어난 학자들을 대거 말살시켜 버렸고, 조선은 이후 급격히 쇠약의 길로 접어들게 된다.

정순대비의 지지기반이었던 경주김씨 집안 또한 곧 몰락하게 되고 이후 헌종, 철종 등 허수아비 왕들을 등에 업은 안동김씨와 풍양조씨의 계파싸움과 세도정치가 이어지는 동안 조선은 급격한 내리막길을 걷게 되는 것이다.

결국 1876년(고종13년) 일본은 조선에 대해 부산, 인천, 원산 등 3개항의 개항과 통상을 요구하며 일방적 불평등조약인 '병자수호조약'을 체결하였고 그로부터 불과 30여 년 후 조선은 멸망하고 일제강점의 비운을 맞게 된다.

정순왕후는 영조의 정비인 정성왕후가 죽고 난 후인 1759년(영조35

년) 15살 때 66세인 영조의 계비로 간택되어 궁궐 생활을 시작한다.

아버지 김한구, 친정오빠 김귀주가 주도하는 노론세력이 1762년 (영조38년) 왕세자였던 사도세자를 탄핵하여 죽음에 이르게 하는데 이때 사도세자의 죽음을 둘러싸고 사도세자를 동정하던 시파와 사도세자를 공격하고 영조를 두둔했던 벽파가 생겨났다.

시파는 홍봉한을 중심으로 주로 권력에서 소외된 남인, 소론 측에 많았고 훗날 정조와 함께 개혁정치에 앞장선다.

벽파는 주로 노론계통인데 정순왕후의 오빠 김귀주를 중심으로 세력을 형성하였다. 정순왕후는 사도세자와 적대적인 노론벽파의 집안이다 보니 영조가 사도세자를 뒤주에 가둬 죽이는 과정에 큰 역할을 하였다.

당연히 사도세자의 아들 정조가 보위에 오르지 못하도록 방해하면서 정조를 해치려고 함은 물론 정조와 끝없이 대립하였다.

정조와 정순왕후 김씨의 대립은 몇 해 전 인기리에 방영된 드라마 '이산'을 통해서도 잘 알려져 있다. 역사는 아이러니하다. 정조가 만약 끊임없이 자기를 죽이려 했던 정순왕후를 먼저 죽였더라면 아니 정조가 갑자기 재위 25년 만에 48살의 젊은 나이로 서거하지 않았다면 다산이 유배를 갔을 리도 없었을 것이고 그토록 뛰어난 명작들이 태어나지 않았을지도 모른다.

정순왕후의 무덤은 구리시 인창동 동구릉東九陵 안 원릉元陵에 영조와 같이 모셔져 있다. 원망스러워서 원릉은 아니겠지만 조선을 멸망에 이르게 한 단초를 제공한 것 같아서 참으로 찜찜하다.

다산초당에서 강진읍을 돌아 강진만 반대편을 따라가면 남도 끝마을 마량항이 나오고 고금대교를 건너서 20분 가량 더 달리면 2017년 12월 6일에 개통한 장보고대교가 나온다.

고금도와 신지도를 이어주는 다리인데 전에는 배를 타고 건너든지 아니면 60여 km를 돌아가야 완도에 갈 수 있었지만 이제는 언제든 다리를 건너 완도에 갈 수 있다.

신지도에는 천혜의 해수욕장 명사십리鳴砂十里가 있다. 남해 푸른 바다와 함께 십리에 조금 못 미치는 길이 3.8km 폭 200여 m에 이르는

장보고대교

▲ 명사십리 해수욕장에서 저자

고운 모래 백사장이 끝없이 이어지는 곳이다.

전국에 명사십리라는 해수욕장이 여러 개 있지만 신지도 명사십리 해수욕장만한 곳은 없는 듯하다. 모래를 밟으면 우는 소리가 나서 명사鳴砂 즉 '울명(鳴) 모래사(砂)'를 써서 붙여진 이름이라 한다. 물이 빠질 때는 단단한 모래길을 밟으며 반대편까지 왕복 20리 길을 산책하는 즐거움이 큰 곳이다.

명사십리는 인파가 넘치는 여느 동해안 해수욕장과 네온싸인 현란한 도시를 낀 해수욕장과는 사뭇 다른 슬로시티slow-city 해수욕장이다.

동백꽃 필 무렵 찾는 다산초당은 잔잔함과 그리움을 느끼게 해주고 정약용의 둘째형 정약전이 잠시 귀양 와 있었던 신지도 명사십리 해수욕장은 슬픈 역사를 떠올리게 해 주는 애틋한 곳이다.

나는 동백꽃 필 무렵 가끔은 이곳을 찾고 있다.

리더십 박사 이재술의 드림으로 드림하라

06

봉생마중 불부자직과
아득한 성자

蓬生摩中 봉생마중

不扶自直 불부자직

굽어지기 쉬운 쑥대도 삼밭
속에서는 스스로 곧게 자란다.
착한 친구와 사귀면
저절로 착한 사람이 된다.

산골에서 초등학교를 다니던 시절 우리들의 놀이터는 주로 들판과 냇가, 그리고 전쟁놀이를 하는 마을 뒷산이 주무대였다.

먹을 것이 없어 봄이 되면 들판에 널린 청보리를 불에 태워 구워 먹었고, 고구마나 무는 늘상 생으로 먹었다. 가을이면 이웃동네 과수원의 사과도 몰래 훔쳐 먹곤 했다.

컴퓨터는커녕 텔레비전도 없던 때라 우리는 방과후만 되면 모두 어울려 자치기, 못치기, 쌈치기(동전을 양손으로 나눠하는 일종의 도박), 방울치기(지금의 야구놀이) 등을 하였고 종이를 사각지게 만들어 땅바닥에 패대기쳐서 상대방의 패를 뒤집어 따먹는 경치기 놀이(딱지치기)도 즐겨 하였다.

경치기 놀이(딱지치기)

리더십 박사 이재술의 **드림**으로 **드림하라**

그때는 종이가 부족해 전날까지 배운 교과서를 찢어내 '경'을 만들곤 하였고, 다른 한 편으로 우리는 그 찢어낸 교과서로 곧잘 마른 쑥을 으깨어 둘둘 말아 담배를 피워 어른흉내를 내곤 하였다.

그 쑥이 한자로 봉蓬이라는 것을 안 지는 그리 오래 되지 않는다. 어려서 할아버지들이 곰방대에 끼워서 피울 담뱃가루를 사기 위해 건빵봉지처럼 두툼한 봉지에 담긴 봉초를 살 때 봉투에 담겨 있어서 봉초라고 하는 줄 알았는데 실은 쑥을 말려 잘게 부숴진 모양이 담배 원료와 비슷해서 봉초라 하였던 것이다.

그 당시 대마는 야산과 들판에 널려 있었다. 우리는 대마가 뭔지도 모른 채 어려서 팽이치기할 때 대마 줄기의 껍질을 벗겨 팽이채로 썼는데 헝겊으로 만든 채하고는 비교가 안 될 정도로 팽이를 돌리는 데 최고였다.

우리는 대마를 삼나무라 불렀고, 그것이 대마초의 원료인 줄은 꿈에도 몰랐다. 아마 그때 호기심에 말린 대마 잎을 쑥처럼 말아 피웠을 수도 있었을 텐데 지금 생각해 보면 아찔하다.

어쨌든 어른들은 삼베옷의 원료나 한지를 만드는 데 대마 껍질을 벗겨 사용하였고, 줄기는 우리들의 회초리로도 가끔 이용되었다.

쑥도 논두렁과 야산에 가득했다. 쑥은 보통 10cm를 넘어가면 뼈대가 약해서 휘어져 버린다. 그래서 키가 대개 커봐야 20cm를 넘지 않는다. 반면 대마는 보통 2~3m 정도 꼿꼿이 자란다. 어려서 대마밭에 들어가면 숨이 막힐 정도로 빽빽하게 하늘을 향해 자라나는 대마를 볼 수 있었다.

그런 대마밭이라면 쑥도 대마에 의존하지 않고도 분위기에 휩쓸려 곧게 자란다는 말이 '봉생마중 불부자직(蓬生麻中 不扶自直)' 이다.

중국《순자荀子》〈권학勸學〉에 나오는 말이다.

직역하면 '쑥蓬이 대마밭麻中에서 자라면生 기대지 않고도不扶 스스로 곧게 자란다直' 라는 뜻이다. 쑥이 대마에 기대면 휘지 않겠지만 기대지 않고도 휘지 않는다는 것은 약간은 애교 섞인 과장된 표현이다.

그럼에도 불구하고 이 말뜻이 너무 좋아 나는 공직생활 내내 대마처럼 곧게 자라는 분위기를 만들어 쑥조차도 곧고 크게 하는 분위기를 만들고자 노력하였다.

리더가 동그라미 모양이면 그 조직도 동그라미 분위기가 되고, 리더가 네모, 세모이면 그 조직도 네모, 세모가 된다.

리더가 잘 해서 분위기가 좋으면 사고치려는 한 마리의 양까지도 그 분위기에 편승해서 적응을 잘 할 수 있는 것이다.

중국 서진 때 학자 부현이 쓴《태자소부감》에 나오는 '근묵자흑 근주자적(近墨者黑 近朱者赤)' 이란 말도 이와 비슷하다. '먹을 가까이 하면 검어지고, 인주를 가까이하면 붉어진다' 는 말이다. 내가 누구와 함께 있느냐가 때론 인생을 결정하기도 한다.

좋은 만남이 좋은 인연을 낳고, 좋은 인연이 좋은 결과를 낳는다.

직장이나 사회생활을 하다 보면 인품이 훌륭하여 향기로운 꽃의 향기가 나는 사람이 있고, 그 반대로 시궁창 악취가 풍기는 사람도 있어 피하거나 경계하기도 한다.

훌륭한 스승을 만나면 자연스럽게 스승을 배워서 훌륭하게 되고, 나쁜 친구와 어울리면 자신도 모르게 그릇된 방향으로 가게 된다.

성경에도 '지혜로운 자와 동행하면 지혜를 얻고, 미련한 자와 사귀면 해를 받는다' 고 가르침을 주고 있다.

까마귀 노는 곳에 당연히 백로야 가지 말아야겠지만 내가 백로인지 까마귀인지는 성찰해 볼 일이다.

인생의 가르침을 주며 백로처럼 고고하게 살다 가신 분이 있다.

인제 백담사 만해마을에서 지난 5월 26일에 87세를 일기로 입적하신 설악산 신흥사 조실 무산 대종사 오현(1932~2018) 큰스님이다.

나는 인제에 근무할 때 몇 번 큰 스님을 뵌 적이 있었는데 그때마다 '남의 눈에서 눈물 나게 하지 마라. 사람 차별하지 마라' 등 오랜 시간 동안 좋은 말씀을 많이 해 주셨다.

한 번은 큰스님께서 "동굴 안에 호랑이가 있는데 이를 밖으로 내보낼 수 있는 동물이 뭔지 알아?" 라고 물으시길래 "글쎄요, 모르겠습

니다" 라고 대답했더니 "그건 빈대야. 천하의 호랑이도 빈대가 물면 가려워서 빈대를 잡던지 볕을 쐬려고 밝은 곳으로 나오는 거야. 하찮은 미물도 소홀이 보면 안 되는 법이야. 그러니 직원들에게 잘해 줘!" 라고 말씀하시는 것이었다.

남다른 호방함과 누구와도 경계가 없는 자유로움으로, 그리고 늘 낮은 자세로 성자처럼 진솔한 삶을 살다 가신 오현 큰스님은 각계각층의 존경을 받으며, 그리고 '아뿔싸' 탄식케 하며 바람처럼 떠나가

셨다. 교과서에 실린 '아득한 성자'를 그리워하며 큰스님께서 살아생전에 즐겨 마셨던 막걸리 한 잔을 올리고 싶다.

아득한 성자 ─오현스님

하루라는 오늘

오늘이라는 이 하루에

뜨는 해도 다 보고

지는 해도 다 보았다고

더 이상 더 볼 것 없다고

알 까고 죽는 하루살이 떼

죽을 때가 지났는데도

나는 살아있지만

그 어느 날 그 하루도

산 것 같지 않고 보면

천 년을 산다고 해도

성자는 아득한 하루살이 떼

무산 오현 큰스님께서는 1968년 『시조문학』을 통해 등단하고 1977년 첫 시집 《심우도》를 출간한 이후 50여 년 동안 《산에 사는 날에》(2000), 《만악가타집》(2002), 《절간이야기》(2003), 《아득한 성자》(2007), 《비슬산 가는 길》(2008) 등 6권의 시집을 발간하기도 했다. 이 같은 작품 활동으로 스님은 1992년 현대 시조문학상을 시작으로 남명문학상(1995), 가람문학상(1996), 한국문학상(2005), 정지용문학상(2007), 공초문학상(2008) 등을 수상하기도 했다. 특히 스님의 문학세계를 다룬 '조오현 선시 연구' (김민서, 경기대대학원), '조오현 시조에 나타난 형식미학과 생명성 연구' (유순덕, 경기대대학원), '설악 조오현 선시조 연구' (배우식, 중앙대대학원) 등 박사학위 논문을 비롯한 연구논문이 수십 편에 이른다. 또 스님은 백유경 선해(禪解) 《죽는 법을 모르는데 사는 법을 어찌 알랴》(1993), 선을 쉽게 풀어쓴 《선문선답》 (1994), 《벽암록 역해》(1999), 《무문관 역해》(1999) 등의 저술도 남겼다. 2011년에는 조계종으로부터 포교대상을 수상하기도 했다. 오현당 무산(霧山) 큰스님께서 2018년 5월 26일 오후 세수 87세 승랍 60세로 "천방지축(天方地軸) 기고만장(氣高萬丈) 허장성세(虛張聲勢)로 살다 보니 온몸에 털이 나고 이마에 뿔이 돋는구나. 억!" 이라 열반송을 남기고 입적하셨다.

07

인제 자작나무숲과
마의태자

10 여 년 전 강원도 인제에서 근무할 기회가 있었다. 인제는 동해안 속초로 가는 길목으로 그 전에 몇 번 지나는 가봤으나 그다지 인연이 없었기에 대한민국 국민이면 누구나 한 번쯤은 들어봤을 법한 "인제 가면 언제 오나 원통해서 못 살겠네"라는 말처럼 군인들만 넘쳐나는 엄청난 산골이라 생각했다.

인제라는 지명은 하늘에서 보면 상상 속의 동물 기린의 두 발굽처럼 주변은 온통 산뿐인데 인제읍과 북면 원통리 지역만 움푹 패인 것처럼 평평한 땅이 있어 '기린린(麟) 발굽제(蹄)'를 써서 붙여진 이름이라 한다.

인제읍은 인제군 군청 소재지로서 행정의 중심지라면 북면 원통리는 원통으로 잘 알려져 있는데 북쪽 서화면을 거쳐 금강산으로 가는 길목으로 휴전선이 가까워 군인들이 많다 보니 자연스럽게 숙박과 상업의 중심지가 되었다.

인제는 지난해 서울─양양 고속도로가 개통되면서 서울에서 1시간 남짓이면 도달할 수 있게 되면서 많은 변화가 시작되었다. 아직도 북한지역에 미수복된 땅이 있는 최전방 지역이긴 하나 설악산 대청봉을 포함한 천혜의 관광지가 많고 사람들 또한 순박해 인심 좋고 살기 좋은 곳으로 추천하고 싶은 곳이다.

절에 불이 워낙 많이 나서 당시 주지스님이 대청봉으로부터 100번

인제 자작나무 숲

째 웅덩이 옆에 절을 지으라는 계시를 받고 지었다는 설악산 백담사
와 부속 사찰이면서도 기도도량으로 유명한 봉정암, 오세암이 인제에
있다.

사계절 천상의 화원 곰배령, 굽이굽이 흐르는 래프팅의 원조 내린
천, 원조 예능프로그램 1박2일로 유명해진 아침가리 계곡과 방동약
수, 약수로는 대한민국 유일의 천연기념물인 방태산 개인약수, 겨울
이면 빙어축제가 열리는 소양호, 그리고 끝없이 펼쳐지는 시베리아
자작나무를 배경으로 하는 영화 '닥터지바고'가 생각날 정도로 아름
다운 원대리 자작나무숲 등이 모두 인제에 있다.

인제는 또 대통령공원을 조성하려고 할 정도로 역대 대통령과의 인연도 깊은 곳이다.

1961년 5월 14일 당시 34세였던 김대중 전 대통령이 세 번 낙선한 끝에 제5대 민의원(현재의 국회의원) 인제군 보궐선거에서 처음으로 당선되는데 이틀 후 5.16쿠데타가 일어나 국회를 강제해산하는 바람에 의원등록조차 하지 못하는 불운을 겪게 된 곳도 인제이다.

박정희 전 대통령은 1955년에는 5사단장으로, 1957년에는 7사단장으로 인제에서 근무하게 되는데 이때 김대중 전 대통령과 만날 뻔했지만 불발된다.

사연은 이렇다. 1958년 김대중 전 대통령은 민주당 후보로 한 번 낙선한 전남 목포에서 다시 출마하고 싶었지만 현역의원이 버티고 있어할 수 없이 강원도 인제로 옮겨 출마하게 된다.

민의원 출마 법적 요건인 선거 추천인 100명을 넘겨 인제군 선거관리위원회에 제출했지만 당시는 부정선거가 횡행하던 시절이어서 자유당과의 이중등록자가 70명이 넘는다고 반려되어 추천이 무효 처리된다.

사방팔방으로 추천인을 확보하려 애썼지만 전방위적인 집권당의 방해로 끝내 추천인 확보에 실패한 김대중 후보가 인제군청 근처에 있는 사단장 관사에 찾아가 마지막으로 군인들의 도움을 요청하려 했지만 당시 외출중이던 박정희 사단장을 만나지 못해 이들의 만남은

리더십 박사 이재술의 드림으로 드림하라

무산되었다.

만약 그들이 그때 만났더라면 한국 현대사는 어떻게 달라졌을까. 김대중은 3년 후 치러진 보궐선거에서 천신만고 끝에 당선됐지만 박정희 장군이 일으킨 쿠데타에 의해 의원 등록조차 하지 못하게 되는데 어쩌면 이 둘의 악연은 이때부터 시작되었는지도 모른다.

지금도 많은 인제 사람들은 그 당시 박정희 사단장과 육영수 여사 그리고 박근혜 영애의 어린 시절을 기억하고 있다.

1988년부터 2년간 전두환 전 대통령은 잘 알려진 대로 백담사에서 이순자 여사와 은거하였고, 1956년 노태우 전 대통령은 12사단^{원통 소재} 52연대에서 소대장으로 복무한 기록이 있다.

1968년 사병으로 군에 입대한 노무현 전 대통령은 같은 12사단 52연대에서 상병 만기 전역하였는데 이때는 베트남에 파병되었다가 돌아오는 병장들이 많아 TO가 없어 병장 진급을 하지 못했다고 한다. 노무현 대통령이 당선인 시절 이 부대를 찾아 병사들과 재회하던 장면은 아직도 생생하다.

또한 인제는 〈목마와 숙녀〉의 시인 박인환(朴寅煥, 1926~1956)이 태어난 곳이기도 하다. 설악산에서 흘러내린 인북천과 내린천이 합류되는 지점에 인제에서 가장 유서 깊은 합강정이 있고 그곳에 '지금 그 사람 이름은 잊었지만'으로 시작되는 〈세월이 가면〉 시비가 있다.

읍내에는 박인환 문학관도 있다.

그런 인제에 조금 색다른 이야기가 있다. 전설인지 실화인지 경계가 애매하기도 하지만 기록과 구전에 의존하여 소개하고자 한다. 서울–양양고속도로에서 동홍천IC를 빠져 나와서 속초방향으로 조금 가다 보면 신남리 못 미쳐 오른쪽으로 상남면으로 가는 길에 '김부리' '갑둔리' 등 이상한 지명을 가진 동네가 있는데 혹시 '신라 마지막 왕자 마의태자 김일 또는 그의 아버지 김부의 흔적은 아닐까' 라고 생각한 끝에 그 발자취를 따라가 본 적이 있다.

김부는 본래 경순왕의 이름이다. 후백제 견훤이 경주까지 쳐들어

리더십 박사 이재술의 **드림으로 드림하라**

와 아버지 경애왕을 죽이자 갑자기 왕이 된 인물이다. 서기 935년 10월 신라 마지막 왕인 경순왕(재위 927~935)은 더 이상 백성을 힘들게 하며 나라를 유지할 수 없다고 판단하여 고려 왕건에게 시랑侍郎 김봉휴를 보내 항복을 청한다.

왕건이 섭시중攝侍中 왕철과 시랑 한헌옹을 보내 이에 응답하자 경순왕은 11월 문무백관과 함께 송악지금의 개성으로 향했는데《고려사》에 의하면 그 행렬이 30리가 넘게 이어졌다고 한다. 왕건은 크게 환대하며 그의 맏딸 안정숙의공주일명 낙랑공주를 시집 보내 경순왕을 사위로 삼고 정승공으로 봉한다. 그리고 경주를 식읍으로 하사하고 사심관으로 임명한다. 그 뒤 경순왕은 왕건의 아홉째 딸도 아내로 맞이했다.

이러한 경순왕에 대한 평가는 크게 엇갈린다. 경순왕 자신의 안위를 지키기 위해서 전략적 선택을 했다는 평가와 '천년왕국'을 넘겨서라도 남은 백성은 살려야 해서 어쩔 수 없었다는 평가이다. 《삼국사기》에는 바람 앞의 등불과 같은 신라 상황에 절망해 껍데기만 남은 나라를 고려에 갖다 바쳐서라도 백성을 보호하고 명맥을 유지하려는 그의 심정을 잘 나타내고 있다.

"작고 위태로움이 커서 나라를 보전할 수 없다. 이미 강해질 수도 없고, 또 약해질 수도 없으니 백성들의 간과 내장이 땅에 쏟아지게 하는 일을 나는 차마 할 수 없다."

그러나 끝까지 고려에 항복하는 것을 반대한 그의 큰아들 마의태자는 "어찌 천년사직을 하루아침에 다른 나라에게 넘겨줄 수 있습니까. 고려가 주는 양식을 소 돼지처럼 받아 먹고 사느니 차라리 신라 사람으로 칡뿌리를 먹고 살겠습니다"라고 통곡하며 약간의 군대를 데리고 경주를 떠났다.

　　그렇게 경주를 떠난 마의태자는 충주 월악산과 양평 용문산을 거쳐 인제에 이르게 되는데 모두 험준한 산악지형을 거쳐온 것으로 보아 군사주둔과 방어를 위한 요새를 물색하며 지나오지 않았나 추측된다.

　　인제 역시 당시에는 첩첩산중으로 왕건의 추적을 피하며 새로운 국가를 꿈꾸며 건설하기에 적당한 곳으로 판단한 듯하다. 인제에서의 흔적은 인제군 남면 갑둔리에서 시작된다. 군사가 주둔했다는 뜻이다.

　　갑둔리에는 한적한 도로변에서 500여 미터 떨어진 산속에 오층석탑이 있다. 오솔길을 따라 10여 분이면 올라갈 수 있다. 고려 초기 석탑의 특징을 보여주고 있는데 탑 뒷면에 '태평 16년, 1036'이라고 희미하게 기록되어 있어 우리나라 석탑 연구에 귀중한 자료가 되는 탑이다.

　　태평은 거란족 '요'의 연호인데 태평 16년은 1036년이고 이는 신라가 멸망한 935년에서 100년이 지난 시점이다. 또한 탑에는 '김부수명장존가(金富壽命長存家)' 라고 쓰여 있는데 인제군 알림마당에는 김부리지명 유래에서 마의태자가 1036년 121세까지 장수했다는 기록과 일치한다고 하여 김부대왕과 마의태자가 동일인물이라는 주

▲ 갑둔리 오층석탑

장을 뒷받침한다고 기록되어 있다.

　김부라는 이름은 경순왕을 지칭하기도 하지만 민초들에 의해 때로는 마의태자를 지칭하는 말이 되기도 한다. 지금은 '국군 과학화 전투훈련장' 으로 변한 곳에 위치한 김부리 김부대왕각 재실에는 '신라경순대왕태자김공일지신위' 라 쓰여 있는 위패가 모셔져 있고, 비석에는 김부대왕(마의태자 일〈鎰〉) 유적지비라고 새겨져 있다고 하는데 유감스럽게도 들어갈 수가 없다. 다만 후손들이 새긴 대왕각이라는 화강암 안내판만 근처에 있을 뿐이다.

천년 전부터 김부리 주민들은 매년 5월 5일과 9월 9일에 두 번 태자의 제사를 지내왔는데 군부대 땅으로 편입된 후부터는 태자를 시조로 모시고 있는 부령(부안)김씨 종친회에서 일년에 한 번 제사를 모신다고 한다.

김부리 근처에 마의태자 휘하의 맹장군의 이름을 따서 지었다는 맹개골도 있다. 항병골, 다물, 다무리 등의 지명도 있는데 '싸우자, 되찾자' 의 의미를 지닌 말들로 인제 사람들은 이 일대가 마의태자가 신라부흥을 꿈꾸며 세운 신라국가였다고 믿고 있다.

천년 전의 마의태자의 뜻을 알기라도 하는 듯 김부리와 갑둔리 일대는 근래에 대규모 첨단 과학화 군사훈련장이 들어서 있다.

여기서 남쪽으로 구불구불 고개를 넘어서 상남면 마의태자 권역마을이 있다. 조금 못 미쳐 우측으로 꺾어지면 아담한 하트모양의 바위 사이로 흐르는 폭포가 나오는데 이곳이 용소폭포다. 이 폭포에서도 마의태자가 취나물을 즐겨 먹었다는 전설이 내려오고 있다. 상남면

리더십 박사 이재술의 드림으로 드림하라

일대에서는 매년 9월이면 마의태자축제가 열리고 있다.

김부리 갑둔리 일대가 첩첩산중이기는 하나 지세가 험하지 않아 고려군사를 막아내기는 쉽지 않아 보이는 지형이다. 그래서 그런지 마의태자는 설악산 한계령 아래 장수대 부근 한계산성으로 이동한다.

한계산성은 지금도 출입이 통제되고 있는 험준하기 짝이 없는 곳이다. 뒤로는 1,000미터가 넘는 설악산 서북능선 봉우리들이 병풍처럼 둘러싸여 있어 누구도 넘어올 수 없고 앞으로도 좁은 골짜기를 따라 올라오는 길이 천혜의 요새를 방불케 하여 아마 고려군을 방어하는 데에는 최적의 장소가 아니었을까 싶다.

200여 년이 흐른 후 작성된 《삼국사기》에 의하면 마의태자가 금강산으로 들어가서 삼베옷을 입고 풀을 뜯어 먹으며 생을 마감했다고 기록되어 있지만 오랜 세월 뒤에 승자의 편에서 작성된 역사기록을 얼마나 신뢰할 수 있는지 가늠할 수 없어 오히려 인제에서 생을 마감했다는 구전口傳과 흔적들이 더 설득력 있어 보인다.

인제IC에서 내려 기린면을 지나 인제읍 방향으로 내린천을 따라 50여 리쯤 가면 원대리 자작나무 숲이 있다.

자작나무는 추운 지방에서만 자랄 수 있는 수종樹種이다 보니 인제군 남면 수산리에 있는 자작나무 숲과 함께 우리나라에서는 보기 드문 자작나무 숲이다.

가을이면 온통 황금빛 숲으로 변하는데 무언가 형언할 수 없는 그리움을 안기며 누구라도 시인이 되게 하는 곳이다.

나는 이곳에 갈 때마다 미국 시인 프로스트(Robert Lee Frost, 1874~1963)의 시 〈가지 않은 길〉이 저절로 떠오른다.

노란 숲속에 두 갈래로 길이 나 있었습니다

나는 두 길을 다 가보지 못하는 것을 안타깝게 생각하며

리더십 박사 이재술의 **드림으로 드림하라**

오랫동안 서서 한쪽 길이 굽어 꺾어 내려간 곳으로
바라다볼 수 있는 데까지 멀리 바라다보았습니다

그리고는 똑같이 아름다운 다른 길을 택했습니다
그 길에는 풀이 우거지고 발자취도 적어 누군가
더 걸어야 될 길처럼 보였기 때문입니다
그 길을 걸으므로 그 길도 거의 같아질 것이지만

그날 아침 두 갈래 길에는
똑같이 밟은 흔적이 없는 낙엽이 쌓여 있었습니다
아, 나는 다음날을 위하여 한 길은 남겨 두었습니다
하지만 길은 길로 이어지는 것이기에
내가 다시 돌아올 것을 의심하면서

먼 훗날에 나는 어디에선가
한숨을 쉬면서 이야기할 것입니다.
숲속에 두 갈래 길이 있었다고
그리고 나는 사람이 적게 간 길을 택했노라고
그래서 그것 때문에 모든 것이 달라졌다고……

우리 사는 것도 늘 두 갈래 길에서 망설이며 선택을 하곤 하는데 어디 후회 없는 삶이 있을 수는 없다고 본다. 오늘 아침 인제 읍내 버스터미널 부근에 있는 '태고면옥' 박 사장으로부터 안부 전화가 왔다.

오리부추전골과 막국수가 맛이 있어 인제 재임 시절 가끔 찾았던 음식점인데 7년이 지났어도 서로 오가며 잊지 않고 안부를 물어준다. 북풍한설 몰아치는 황량한 용대리를 전국 제일의 부농으로 가꾼 용대리 황태 이강렬 대표, 무에서 유를 창조한 부처님상의 기린면 박남웅 사장도 자랑스럽다.

인제는 제2의 고향처럼 포근한 곳이다.

08

게오르규의 '25시' 와
아우슈비츠수용소

부다페스트 국회의사당

나는 몇 해 전 여름휴가를 이용하여 가족들과 함께 열흘간 동유럽을 여행한 적이 있었다. '동유럽의 파리' 라 불리는 프라하 시내와 '아름답고 푸른 도나우강' 을 무대로 하는 부다페스트의 화려한 야경은 평생 잊지 못할 추억이 되었다.

영화 '사운드 오브 뮤직' 의 배경이 된 오스트리아 잘츠부르크, 잘츠캄머굿, 할슈타트의 그림 같은 호수와 알프스의 아름다운 산들, 그리고 베토벤, 모차르트, 슈베르트 등 음악가들을 배출하여 가히 '음악의 수도' 라 불릴 만한 비엔나에서의 음악회 감상, 웅장하면서도 빼어난 아름다움을 자랑하는 '슈테판 대성당', 베르사유궁전을 능가하

잘츠캄머굿

할슈타트 호수

슈테판 대성당

쉔부른 궁전

게 지었다는 '쉔부른 궁전' 등을 돌아볼 때는 이런 호사가 어디 있나 싶을 정도로 즐겁고 황홀하기만 했다.

그렇게 여행이 끝날 무렵 나는 폴란드로 이동하여 고도古都 크라코프에서 하룻밤을 보내고 난 뒤 그곳에서 서쪽으로 50km쯤 떨어진 '아우슈비츠수용소'를 찾았다.

폴란드어로는 '오슈비엥침' 독일어로는 '아우슈비츠'라 부르는 이곳 수용소에서 나치는 1940년 6월부터 폴란드 정치범들을 수용하기 시작하면서부터 1945년 1월까지 약 400만 명이라는 엄청난 숫자의 양민을 학살하였는데 그중의 3분의 2가 유대인이었다.

누군가가 주인이었을 퇴색한 채 버려진 수십 만 개의 신발, 깨어진 안경, 누더기가 된 가방, 구두 그리고 유대인들을 수용소내로 실어 날랐던 철로,
시체를 태웠던 소각로, 고문실, 고압전
류가 흘렀던 철조망, 기관총이 설치되
었던 감시탑, 빨간 벽돌로 지어진 단층
수용소 막사 등이 일부는 훼손된 채로
일부는 방치된 채 그대로 남아있었는
데 엄청난 크기의 수용소를 둘러보는
내내 심장이 멈춘 듯 아프고 가슴이 먹
먹해 옴을 금할 수 없었다.

마침 우리가 갔을 때 유대인들이 특
유의 별표 마크를 한 흰 옷들을 입고 성
지순례 온 듯이 수용소 막사 안에서 경
건하게 참배를 하고 있었는데 매년 수
십 만 명의 유대인들이 이곳에 들른다
고 한다.

모두들 한 번쯤은 봤을 법한 영화
'쉰들러 리스트'는 이곳 아우슈비츠수
용소를 배경으로 한다.

제2차 세계대전이 한창이던 1939년

▲ 쉰들러 리스트 영화의 한 장면

의 어느 날 독일군 점령지인 폴란드의 크라코프에 독일인 사업가 오스카 쉰들러가 그릇공장을 인수하기 위해서 찾아오면서부터 영화가 시작된다.

수용소에 들어온 유대인을 공장 노동자로 쓰면 인건비 한 푼 안 들이고 큰돈을 벌 수 있다는 얄팍한 생각에 이곳에 왔지만 매일같이 벌어지는 유대인에 대한 야만적인 살인 등 독일군의 만행을 보면서 쉰들러는 양심의 가책과 함께 경악을 금치 못한다.

결국 쉰들러는 군수품 공장에서 일할 노동자가 필요하다는 명목으로 독일군 장교에게 뇌물을 주고 수용소의 유대인들을 자신의 고향으로 빼돌리기 시작한다.

이때 약 1,100명의 유대인 명단을 제시하여 죽음 앞에서 유대인의 목숨을 구해내게 되는데 이것이 바로 그 유명한 '쉰들러 리스트' 다.

그가 세운 군수품 공장은 7개월 동안 아무것도 생산하지 못한 채 전쟁이 끝나버렸고 이 기간 동안 독일군 장교를 매수하고 유대인들을 먹여살리느라 전 재산을 모두 써버린다.

영화 마지막 부분, 나치당원 신분인 쉰들러가 연합군에게 언제 체포당할지 모르는 위험한 상황에서도 유대인과 이별하기 전 한 명이라도 더 많은 유대인을 살려내지 못했다며 통한의 눈물을 흘리는 장면은 실로 감동적이다.

이곳 유대인 수용소를 배경으로 하는 또 다른 영화가 안소니 퀸 주연의 '25시' 이다.

게오르규의 동명소설을 영화화 한 것이다.

1944년 8월 루마니아의 작가인 28세의 게오르규는 루마니아에 공산정권이 세워지자 아내와 함께 독일로 망명한다. 그러나 독일이 2차 대전에서 패배하자 적성국가인 루마니아인이라는 이유로 연합군에게 체포되어 2년간 포로수용소에 수감되어 비참한 고초를 겪게 된다.

석방된 후 자신의 체험을 토대로 한 소설 '25시' 를 집필하여 1949년 발표하게 되는데 미국과 소련의 냉전체제 하에서 전 세계적으로 큰 반향을 불러일으킨다.

소설의 내용은 이렇다.

제2차 세계대전 발발 직전인 1938년 루마니아의 가난한 시골 농부 요한 모리츠는 사랑하는 연인 스잔나를 만나 우여곡절 끝에 두 아이를 낳고 단란하게 살고 있었다.

리더십 박사 이재술의 드림으로 드림하라

어느 날 스잔나 혼자 일하고 있는데 헌병이 찾아와 그녀를 유혹했지만 거절당하자, 일주일 후에 남편 모리츠에게 징집명령이 하달된다. 헌병이 스잔나를 차지하고자 남편을 유대인으로 몰아 강제수용소에 넣어버린 것이다.

수용소에서 반 년쯤 지냈을 때 모리츠는 친절한 유대인 의사의 도움으로 헝가리로 탈출한다. 그러나 헝가리에서도 그는 루마니아인이라는 이유로 체포되어 다시 수용소에 수감되어 강제 노동을 하게 된다.

이러저러한 이유로 무려 13년 동안 고향을 떠나 수많은 수용소를 전전한 후 마침내 모리츠가 수용소에서 석방되는 날, 헌병에 의해 원치 않은 임신으로 어린 막내까지 출산하여 데려온 부인 스잔나를 만나 숨이 막힐 만큼 키스를 퍼붓고 힘껏 껴안았으나 모리츠의 자유는 18시간 만에 끝이 난다.

소설 '25시' 는 파란만장한 역사적 비극에 철저히 유린당하고 희생되었던 인간의 내면을 잘 그려내고 있다. 작가 자신의 체험을 통해 약소국가의 민족이 겪어야 했던 눈물겨운 삶을 생생하게 재현했으며, 소설 속의 '25시' 는 메시아가 강림해도 구원해 주지 못할 것 같은 절망적인 시간을 상징하면서 인간의 한계상황을 나타내고 있다.

우리는 살면서 힘들고 어려운 순간을 수없이 경험하게 된다. 그러나 어떤 어려움일지라도 끝이 있고 어떤 슬픔일지라도 극복될 수 있다.

죽고 싶도록 힘들고 고통스럽다면 꼭 한 번 아우슈비츠 수용소에 가보길 권한다. 그곳이 너무 사치스럽고 멀다면 가까운 곳의 호스피스 병동이나 중증 장애시설에서 봉사해 보는 것도 괜찮을 듯싶다.

나는 음성 꽃동네 호스피스 병동도 가봤고 중증 장애시설인 '라파엘의 집'에서 숙식하며 며칠씩 봉사도 해 봤다.

이런 곳에서 의무적으로 봉사를 할 때마다 처음에는 왜 이런 시설에서 봉사를 시키는지 뜻과 이유를 몰랐고 봉사가 하기 싫어 대충 시간을 때우기도 했었는데 시간이 지날수록 참된 의미를 알게 되면서 감사한 마음으로 임하고 있다.

살아있음에 감사하고, 장애가 없음에 감사하고, 일할 수 있음에 또

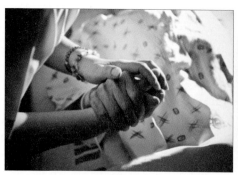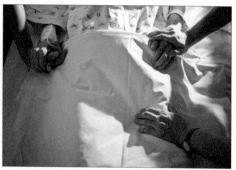

감사하며 지낸다.

그들 앞에 서면 나의 고통은 아무것도 아니며 사치처럼 느껴질 때가 있었다. 우리가 안고 있는 슬픔도 그들과 함께 하면 사치가 될 수 있음을 아는데 오래 걸리지 않았다.

행복은 감사하는 데 출발점이 있다.

오늘 하루도 감사하면서 시작하자.

힘들다고 생각되면 뒤집어서 생각해 보자.

오히려 고맙게 느낄 수 있다.

뒤집어 보면 고마운 일들

가족 때문에 화나는 일이 있다면
그건 그래도 내 편이 되어줄 가족이 있다는 뜻이고

쓸고 닦아도 금방 지저분해지는 방 때문에 한숨이 나오면
그건 내게 쉴 만한 집이 있다는 뜻이고

가스요금이 너무 많이 나왔다면
그건 내가 지난 겨울을 따뜻하게 살았다는 뜻이다

지하철이나 버스에서 누군가 떠드는 소리가 자꾸 귀에 거슬린다면
그건 내가 들을 수 있는 귀가 있다는 뜻이고

주차할 곳을 못 찾아 빙글빙글 돌면서 짜증이 밀려온다면
그건 내가 걸을 수 있는 데다가 차까지 가졌다는 뜻이다

온몸이 뻐근하고 피곤하다면
그건 내가 열심히 일했다는 뜻이고

리더십 박사 이재술의 **드림으로 드림하라**

이른 아침 시끄러운 자명종소리에 깼다면

그건 내가 살아있다는 뜻이다

오늘 하루 무언가가 날 힘들게 한다면

뒤집어 생각해 보자

그러면 마음이 가라앉을 것이다

– 〈열정을 말하다〉 중에서

게오르규의 '25시' 와 아우슈비츠수용소

한강 아라뱃길

09

좌충우돌 인생 2막

제주도 어느 카페에서

나는 10여 년 전부터 은퇴준비에 들어갔다. 30여 년 간 다니던 공직생활을 그만두면 내가 할 수 있는 일이 무엇이 있을까?

내가 가장 잘 하는 것은 무엇이고, 내가 가장 하고 싶은 일은 무엇일까. 그러면서 생각한 것이 3W였다.

3W란?

What (무엇을 하면서 살 것인가)

Where (어디에서 살 것인가)

Who (누구랑 같이 지낼 것인가)를 말한다.

난 베이비부머baby boomer 세대이다. 우리나라의 베이비부머는 1955년부터 1963년 사이에 출생한 전후 세대로서 대부분이 가난하여 오로지 공부 이외에는 출세할 수 있는 길이 없었던 세대이다.

고등학교 시절에는 도시락 2개씩 싸가지고 다니며 새벽부터 밤늦게까지 야간자습을 했고, 대학도 취직이 가능한 법대, 상대, 공대 위주로 들어갔던 세대이다.

돌이켜보면 난 내 꿈과는 별 상관없는 직장을 평생 다닌 셈이다. 고등학교 때 역사와 지리를 유난히 좋아했고, 또 곧잘 해서 내 꿈은 역사, 지리전문가로 고고사학자나 지리 선생님이 되는 것이었다.

그렇지만 어문학계열의 대학에 들어가서는 '밥 굶기 십상' 이라는 부모님의 말씀과 졸업 후 취직을 자신할 수 없어서 결국 포기하고 학력고사 점수에 맞춰서 취직이 잘 되는 법대에 진학했다.

그렇게 해서 법대를 졸업한 뒤에는 경찰공무원에 몸담게 되었고, 25년 동안 공직생활을 하고는 은퇴시기가 다가오자 이제라도 은퇴를 한 후에는 내가 하고 싶은 일을 하고 싶었다.

그러다가 우연히 KOICA_{한국국제협력단}를 알게 되었고, 해외에서 봉사할 수 있다는 얘기를 듣고 자격을 알아봤더니 내가 할 수 있는 건 아무것도 없었다.

미용사, 의사, 간호사, 자동차수리 등 수많은 자격증을 가진 사람은 해외봉사를 위해 지원할 수 있었지만 내가 평생 동안 해 왔던 공직은 아무런 의미가 없었다. 당시 내가 가지고 있던 자격증이란 유도 2단 증과 자동차 1종 보통면허증이 전부였다.

그렇다면 은퇴 후에 해외 봉사를 하는 데 필요한 자격증 중에서 이제라도 취득할 수 있는 게 뭐가 있을까 하고 살펴보다가 그나마 내가 할 수 있는 게 '한국어 교사'여서 바로 사이버학원에 등록하고 시험 준비에 들어갔다.

사실 나는 고등학교 때 국어를 잘한 편이었다. 거의 만점을 맞는 수준이었다. 그래서 막연히 한국어 교사도 조금만 공부하면 가능할 거라고 생각했지만 막상 시험에 응시하고 보니 그건 커다란 오산이었다. 고등학교 때 배웠던 국어가 유치원 수준이라면 한국어 교사 시험은 대학 이상의 수준이었다.

그것이 지금으로부터 5년 전의 일이다.

한창 시험 준비 중이던 무더운 여름 어느 날이었다. 직원 복지 차원에서 각종 자격시험 학원비 할인을 위해 사이버학원과 MOU를 체결하였는데 그 때 사이버학원장이 내가 한국어 교사 준비를 한다는 얘기를 듣고 한다는 말이 "그 시험에 합격하면 제 손에 장을 지집니다" 라고 해서 "그렇게 어렵나요?"라고 되물었더니 "저도 박사 출신인데 한국어 교사 자격증을 취득하기 위해 몇 번 응시했다가 모두 떨어져 140학점을 이수하면 자격을 주는 '평생학위 학사' 과정으로 한국어 교사 2급을 취득했습니다. 그 시험은 매우 어렵습니다" 하는 것이었

실크로드여행중 - 쿠무타크사막

다.

"그래요? 내가 합격하면 손에 장을 지지실 거죠?" 하면서 유쾌히 웃으며 넘겼으나 이후 엄청난 노력에도 불구하고 한국어 교사 자격시험에 보기 좋게 떨어졌다.

이듬해가 되자 시험을 계속 볼 것인지 말 것인지 심각한 고민에 빠졌다. 계속하자니 너무 힘든 데다 어려웠고, 그만두자니 자존심은 둘째 문제고 은퇴를 대비해 딱히 다른 자격증을 취득할 게 없었다.

평생을 좌우명처럼 살았던 '할까 말까 망설일 땐 하고, 하기 싫다고 느꼈을 땐 반드시 하라는 뇌의 신호다' 라는 신념을 떠올렸다. '떨어질 땐 떨어지더라도 올해 한 번만 더해 보자' 그렇게 다짐하고 다

시 공부를 시작했다.

혼자 시험 준비를 하기가 힘들어 서로 위안 삼아 지난해에 같이 시험 준비를 했던 동료 직원은 도저히 힘들다며 이미 포기해 버린 터다. 할 수 없이 혼자 시험 준비를 하면서 수십 번도 더 포기하고 싶은 마음에 갈등 또한 심했다.

어쨌든 마음의 갈등을 잠재우고 밤을 새우다시피 공부하여 그 해 가을 자격시험에서 결국 합격하였다. 미래의 삶을 준비하는 데 내가 취득한 첫 번째 자격증이라 더욱 기뻤다. 이제는 은퇴해도 걱정이 없을 것 같았다. 물론 얄미운 사이버학원 원장에게도 전화하여 "손에 장을 지지라"고 했다. 지키지 않을 약속으로 까마득하게 잊고 있던 눈치였는데 그래도 '대단하다'는 축하 인사를 해 줘서 나름대로 위안은 되었다.

한국어 교원 자격증을 취득한 후 내친김에 대형 운전면허까지 취득하였다. 은퇴 후 중형버스를 개조하여 뜻을 같이하는 사람들끼리 아시아, 아프리카, 남미 등 전 세계를 돌아다니며 세상구경도 하고 해외봉사도 하기 위해서였다.

버스 외벽에는 'Korea is a beautiful country'라고 써놓고 뻥튀기기계, 솜사탕기계, 붕어빵틀을 싣고 다니면서 가난한 나라의 어린들에게는 먹을 것을 나눠주고, 또 여타의 외국인들에게는 우리 나라를 홍보해 보려고 한다.

실크로드를 따라가다 어두워지면 밤하늘의 은하수를 이불 삼고 초원을 베개 삼아 잠을 청하고, 현지인들과 모닥불에 둘러 앉아 우정과 사랑에도 취하고 싶다.

작년에는 석사학위를 받은

지 10여 년 만에 박사학위도 받았다. 다시 군대를 간다는 심정으로 도전한 결과지만 무엇보다도 아내의 격려가 가장 큰 힘이 됐다. "나는 당신이 박사가 됐으면 좋겠어"라는 이 말 한 마디가 지치고 힘들 때마다 귓전을 때리며 포기할 수 없도록 만들었다.

'세상에 못할 일이 뭐가 있겠나?' 웃자고 하는 이야기이다.

남자는 살다가 힘이 들 때면 지갑에 있는 와이프 사진을 꺼내 본다고 한다.

'내가 이 사람과도 살고 있는데 세상에 못할 일이 뭐가 있겠나?'

여자는 살면서 힘이 들 때면 앨범에 있는 남편의 사진을 꺼내 본다고 한다.

제주도 자전거여행

리더십 박사 이재술의 드림으로 드림하라

'내가 이것도 사람 만들었는데 세상에 못할 게 뭐가 있겠나?'

은퇴 후 어디에서(where) 살 것인가도 늘 생각하였다. 별장이든 오피스텔이든 전원주택이든 고향집이든, 세컨드하우스는 꼭 필요하다는 말을 퇴직한 선배들로부터 익히 들었다.

나 역시 해외봉사하며 세계 곳곳을 다니는 게 꿈이긴 하지만 정착지는 아니기에 은퇴 후 살 곳을 물색하다가 5년 전쯤 제주도 서귀포 시내에 조그마한 아파트를 마련하였다.

제주도는 여러 번 가보았지만 아무리 가보아도 질리지 않는 곳이다. 그래서 휴가차 한라산 등정 후 제주도 전역을 다니면서 살 곳을 살피다가 덜컥 사버린 것인데 지금 생각해 보면 매우 잘한 결정이었다.

해외봉사 후 힘이 빠질 때쯤이면 제주로 돌아와 아내와 함께 한라산을 사계절 등산하고 올레길을 걷고 자전거를 타고 골프와 낚시도 할 생각이다.

누구(who)랑 같이 살 것인가도 매우 중요하다. 물론 은퇴 후 아내는 나와 같이 있을 것이다. 그렇지만 자신할 수 없다. 세월이 흐르면서 아내는 자기주장이 강해졌고 이제는 처지가 완전히 역전이 되어 버렸다. 마흔을 넘기면서 아내 눈치를 보기 시작하다가 이제는 아내의 동의 없이 할 수 있는 일이란 거의 없다.

나는 20여 년 전부터 주말부부로 지냈다. 초창기에는 아내가 사무실 근처에 있는 내가 기거하던 원룸에 오면 청소도 해 주고 찬거리도 준비해 주었다. 그런데 지금은 주말에 아내가 온다고 하면 2시간 전부터 내가 청소하고 밥해 놓고 빨래해 놓고 기다린다. 상전벽해다.

물론 아내를 고생시키지 않으려고 하는 것이지만 당연시하는 아내를 보면 참 많이 변했다는 생각도 든다.

누구나 은퇴 후 한집에 살면 아내가 3개월을 못 버틴다는 말을 많이 들었다. 수십 년 가족을 위해 사회생활을 하다가 은퇴하고 집에 들어왔을 때는 "여보 그동안 고생했어. 이제 남은 인생을 재밌게 한 번 살아보자"라고 위로하겠지만 소파에 배를 깔고 누워 리모컨이나 돌리며 TV만 보면서 삼시세끼 다 찾아먹는 삼식이 남편을 보면 제아무리 착한 아내일지라도 차츰차츰 짜증을 내기 시작하다가 3개월을 못 버티고 박대한다는 것이다.

심지어 거실에서 주야장천晝夜長川 리모컨을 돌리는 남편이 보기 싫어 리모컨을 감춰 버렸다는 얘기를 들은 적도 있다. 차라리 안방에 들어가서 꼴 보이지 말고 TV나 보란 뜻이다.

"당신 그렇게 갈 데가 없어?"라고 말하는 아내의 한 마디가 비수가 되고 아이들마저 등을 돌리면 어쩔 수 없이 가벼운 호주머니를 들고 산으로, 시내로 방황할 수밖에 없을 것이다.

우스갯소리로 아내와의 관계에서 회자되는 이야기가 있다.

40대 때는 아내에게 밥 차려 달라고 해서 맞고

50대 때는 어디 가느냐고 물어봐서 맞고

60대 때는 따라 나선다고 맞고

70대 때는 숨 쉰다고, 숨소리 크다고 맞고

80대 때는 아침에 눈떴다고 맞는다고 한다.

아내와 같이 백년해로하려면 아내에게 자유를 주어야 한다. 친구 하나 없이 아내와 노후를 보내려고 마음먹었다간 큰 코 다친다.

친구가 한 명도 없이 외톨이로 지내는 노인이 25%가 넘는다고 한다. 그것도 대부분이 남자들이다. 딱한 일이다.

우리나라에선 고스톱을 쳐도, 골프를 쳐도 최소한 4명이 필요하다. 언제 어디서나 스스럼없이 어울릴 수 있는 친구가 때론 아내보다 편하다. 노후를 즐기기에 꼭 필요한 3박자가 건강, 친구, 돈이라 하지 않던가.

'누구랑 어디에서 무엇을 하며 살 것인가?'는 매우 중요하다. 나역시 10년 전부터 꾸준히 준비하여 왔지만 지금껏 온실처럼 조직의 보호를 받으며 살아온 입장에서 보면 은퇴 후의 생활이 광야에 나서

구상 시인의 꽃자리 시비

꽃자리
구상

앉은 자리가
꽃자리니라.
네가 시방
가시방석처럼
여기는
너의 앉은
그 자리가
바로
꽃자리니라.

는 것처럼 두렵기도 하다.

요즘 내 사무실 출입구 위에 걸려 있어 오가며 자주 쳐다보게 되는 구상 시인의 '꽃자리' 라는 시구는 새삼 내 마음에 와 닿으며 곧 나의 현실이 될 거라는 예감이 든다.

반갑고 고맙고 기쁘다

앉은 자리가 꽃자리니라

네가 시방 가시방석처럼 여기는

리더십 박사 이재술의 **드림으로 드림하라**

너의 앉은 그 자리가
바로 꽃자리니라

…(중략)…

우리는 저마다 스스로의
굴레에서 벗어났을 때
그제사 세상이 바로 보이고
삶의 보람과 기쁨을 맛본다

앉은 자리가 꽃자리니라
네가 시방 가시방석처럼 여기는
너의 앉은 그 자리가
바로 꽃자리니라

경주 최부잣집 고택

구례 운조루

10

경주 최부잣집과
구례 운조루

경주는 유네스코 세계문화유산으로 지정된 신라천년 고도이다. 속칭 '지붕 없는 박물관'이라 일컬어질 정도로 유적이 많다.

신라의 시조 박혁거세朴赫居世가 태어났다는 전설이 깃든 경주 남산 해발 466m에는 신라시대 만들어진 석탑, 마애불, 절터, 삼릉, 포석정 등 유적이 수없이 산재하며 시내 어느 곳을 가더라도 불국사, 다보탑, 석가탑, 석굴암, 천마총, 동궁과 월지, 분황사, 김유신 장군묘 등 천년 수도의 흔적이 고스란히 남아 있다.

동쪽으로 30분 정도만 가면 토함산 물줄기가 스며드는 감포 바닷가에 통일 대업을 이룬 문무대왕의 수중왕릉인 대왕암이 있고, 조금 못 미쳐 "불력으로 왜구를 격퇴시키려 했다"는 전설이 깃든 감은사지 3층석탑도 절은 사라졌지만 석탑만은 쓸쓸하게 홀로 보존되어 있다.

우리나라 사람이라면 누구나 한 번쯤은 수학여행으로라도 다녀왔을 경주는 '신라의 달밤'처럼 구슬픈 천년 향기와 학창시절의 추억을 느낄 수 있기에 나 역시 중학교 때 수학여행을 다녀온 이래 가끔씩 경주를 즐겨 찾는다.

불국사 가는 길의 보문호수 주변에는 현대식 호텔, 콘도 등이 잘 갖춰져 있어 하룻밤 휴식하는 데 부족함이 없고 벚꽃 만개한 호수 주위를 한 바퀴 산책하는 맛도 쏠쏠하다.

그중에서도 특히 나는 대릉원 앞 첨성대와 계림을 좋아하는데 요

▲ 경주 불국사와 석굴암

즘은 자전거나 스쿠터를 빌려주는 곳이 많아 편하게 곳곳을 둘러볼

수 있다. 연꽃단지를 지나 동궁과 월지를 둘러보는 것도 괜찮다.

첨성대 부근에서 자전거를 빌려 타고 5분 가량 계림 숲 서쪽 끝으

로 가면 나름 유명한 '교동 김밥' 집이 나오고 오른쪽으로 모퉁이를

돌면 바로 옆에 400년 이상 이어온 경주 최부잣집이 있다.

원래 최부잣집은 파시조波始祖인 최진립부터 약 200년 동안 경주시

내남면 게무덤이라는 곳에 있었는데 약 200년 전에 신라시대 요석공

주가 살았던 '요석궁터' 라고 알려진 이곳 교동으로 이전해서 지금에

이르고 있다.

'사방 백 리 안에 굶어 죽는 사람이 없게 하라', '과객을 후하게 대

접하라' 등 12대를 이어 내려온 여섯 가지 가훈, 즉 육훈六訓으로 한국

판 '노블레스 오블리주' 의 상징이 된 경주 최부잣집은 일제강점기에

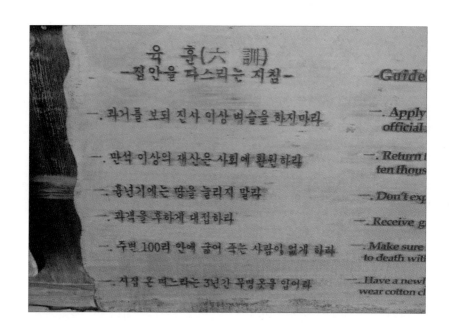

는 막대한 독립자금을 지원하였고, 서당을 지어 교육사업에도 힘썼다고 한다.

최부잣집의 1년 쌀 생산량은 약 3,000석이었는데 1천 석은 사용하고, 1천 석은 과객에게 베풀고, 1천 석은 주변의 어려운 사람에게 나누어 주었다 하니 가히 존경 받을 만하다.

현재의 가옥은 170년 전의 건축으로 경상도 지방의 전형적인 모습을 지니고 있으며 의외로 소박한 모습이다.

부지 2000여 평에 99칸의 대저택으로 한때는 100여 명의 하인과 쌀 7~800석이 들어가는 집채 만한 곳간이 12채나 있었다 하는데 지금

리더십 박사 이재술의 드림으로 드림하라

은 곳간 1채와 사랑채, 문간채, 안채 등 일부만 남아 있다.

경상도에 최부잣집이 있다면 전라도에는 구례 운조루가 있다.

지리산 서쪽 끝자락에 위치한 천년고찰 화엄사에서 섬진강을 끼고 하동으로 가는 길을 따라 내려가다 보면 전라도와 경상도가 함께 어우러진다는 '화개장터' 약간 못 미쳐 전라도의 전형적인 양반가옥인 78칸의 대저택 운조루가 나온다.

230여 년 전에 순천 낙안군수를 지낸 유이주가 지었다고 전해지며 국가 민속문화재 제8호로 지정되어 있다.

이곳에는 쌀이 세 가마나 들어가는 원통형 큰 뒤주가 있는데 뒤주에는 작은 구멍 두 개가 있고 거기에 '타인능해他人能解' 라고 쓰여 있다. 즉 "누구든지 이 쌀독을 열어 배고픔을 해결하라"고 하는 뜻이다.

쌀통이 비워지기 전에 주인은 다시 쌀통을 채워놓았고 주인하고 눈이라도 마주치면 불편해 할까 봐 안채에서 멀리 떨어진 대문 입구 가까운 곳에 쌀통을 놓았다고 하니 타인을 배려하는 진정한 나눔의 정신이 엿보인다.

6.25전쟁 중에 주변 집은 다 불태워져 사라졌는데도 운조루만은 화마에서 벗어날 수 있었다고 하는데 이렇듯 훌륭한 가문을 누구도 차마 불태울 수 없었기 때문이라니, '적선지가 필유여경(積善之家 必有

▲ 운조루내 대형 뒤주의 '타인능해' 라는 글귀

餘慶) 적불선지가 필유여앙 (積不善之家 必有餘殃)'이란 말이 절로 떠올려진다.

《주역》에 나오는 말이다. "선을 쌓는 집안은 반드시 경사가 있고, 선을 행하지 않는 집안에는 반드시 재앙이 따른다"는 말이다.

2015년 시장조사 전문기업 마크로밀 엠브레인의 트렌드 모니터가 전국 만 19세~59세 성인 남녀 1,000명을 대상으로 실시한 '한국사회 의 노블리스 오블리주'에 대한 조사결과에 의하면 한국에서 "노블리스 오블리주가 잘 실천되고 있다"고 바라보는 시각은 3.9%에 불과한 반면 "잘 되지 않고 있다"라고 부정적으로 바라보는 시각은 무려 76.6%에 달한다고 한다.

영국, 노르웨이, 스웨덴 등 '사회적 신뢰'가 높다고 평가되는 선진국가에서 절반 이상의 국민들이 국회의원 등 정치인과 재벌, 고위관료들이 '노블리스 오블리주'를 잘 실천하고 있다고 평가하는 것에 비하면 형편없는 수준이다.

경주 최부잣집과 구례 운조루가 수백 년 동안 보존되고 존경받으며 이어져 내려올 수 있었던 비결도 바로 '선을 행함, 즉 나눔의 실천'일 것이다. 요즘 TV를 보면 10년도 못 가서 부귀영화가 무너져 내린 최고 권력자와 정치인, 고위공무원들을 수 없이 볼 수 있다.

이들이 이런 '삶의 지혜'를 알았더라면 그렇게 처참하게 무너지지는 않았을 것인데 안타깝다는 생각을 떨칠 수 없다.

운조루 근처에는 단풍으로 유명한 피아골 계곡과 봄철 벚꽃으로 둘째가라면 서러워 할 하동 '쌍계사'가 있다. 지리산 아래 구례읍을 사이에 두고 맞은편 산허리 절벽에 있는 '사성암'에 올라 유유히 흐르는 섬진강을 발 아래 굽어보는 맛도 일품이다. 산 아래 주차장에서 셔틀버스나 택시를 이용해야만 갈 수 있다.

우연히 알게 된 이 사성암四聖庵은 4명의 고승 즉 원효, 진각, 의상,

▲ 오산 절벽에 세워진 사성암 유리광전

도선국사가 이곳에서 수도를 하였다 하여 붙여진 이름이라고 한다. 어지간한 전국의 명승고찰은 대부분 돌아다녀 봤지만 이처럼 독특한 절도 드물 듯 싶다.

천은사, 화엄사 등 지리산 천년고찰에 비하면 초라할 것 같아 별 기대를 하지 않고 갔었는데 숨은 진주를 발견한 느낌이었다. 꼭 가보라고 권하고 싶은 희한하게 매력적인 절이다.

11

천사의 섬 소록도

소록도는 우리나라 남쪽 끝 순천만 고흥반도에서도 맨 아래쪽에 위치한 자그마한 섬이다. 2009년 소록대교가 개통되기 전까지만 해도 반도 남단 녹동항에서 1km가 채 안 되는 섬까지 10여 분 배를 타고 가야 했지만 지금은 소록도를 지나 거금도까지도 거금대교로 연결되어 있어 편하게 건널 수 있다.

섬의 모양이 어린 사슴을 닮았다고 하여 소록도라 불리우지만 한번 들어오면 죽기 전까지 나갈 수 없는 슬픈 역사의 섬이었다.

소록도에 관한 최초의 기록은 1443년(세종25년)에 제주목사 기건이 관내 소록도를 돌아보다 육지에서 격리된 100여 명의 한센병 환자를 돌보는 것으로 시작된다.

그러다가 일제강점기인 1916년 소록도에 한센 전문병원인 자혜의원이 설립되면서 일제는 전국의 한센인을 강제 수용하기 시작하여 한때는 6,000여 명까지 철저하게 격리시켰고 차마 눈뜨고 볼 수 없는 비인간적인 불법감금, 강제정관수술과 낙태, 그리고 비인도적인 노예와 같은 강제노동을 시켰다.

천형의 섬 소록도는 세상과 격리된 채 해방직후인 1945년 병원직원들이 외부치안대와 합세하여 자치권을 요구하는 한센병 환자들을 끔찍하게 살해한 '84인 학살사건' 을 포함하여 한 세기 동안 온갖 비극의 장소로 기억되고 있다.

나는 소록도를 두 번 방문한 적이 있다. 소록도 입구 주차장에서 내려 병원까지 이어진 소록도 해수욕장의 잘 정돈된 바닷가 솔밭길은 여느 남해안 풍경과 다르지 않다.

그러나 발걸음을 옮긴 지 채 몇 분도 되지 않아 환자와 면회객이 격리된 채 눈길로만 면회를 했다는 수탄장(탄식의 장소) 등 섬 안 곳곳에 서글프게 녹아든 한국 현대사의 비극을 마주하면서부터는 그 때마다 슬픔이 얼룩져 가슴이 먹먹해 옴을 주체할 수 없었다.

1936년부터 4년간 연인원 6만여 명의 강제노동으로 잘 정돈된 병원 뒤 일본식 중앙공원과 여러 채의 1층 붉은 벽돌 건물로 여전히 보존된 감금실, 수술실, 전시실 등을 볼 때마다 당시 환자들이 얼마나 아프고 고통스러웠을까를 생각하며 가슴이 너무 아팠다.

환부가 짓물러 진물이 나고 썩어들어 손발이 문들어지며 코와 눈까지 녹아들어 없어지는 천형天刑의 문둥병 그것이 한센병이다.

그래서 한센병 환자들은 이 세상에서 도태시켜야 할 동물처럼 인식한 게 전부였고 세상의 누구도 따뜻한 눈길 한 번 주지 않았다.

그런 소록도에 1962년과 1966년에 각각 오스트리아 출신 꽃다운 20대 젊은 간호사 두 명이 오게 된다. 그들의 이름은 마리안느 스퇴거(2018년 현재 84세)와 마가렛 피사레크(현재 83세)으로 동계올림픽이 열렸던 빼어나게 아름다운 오스트리아 티롤주州 출신이다.

▲ 20대 시절의 간호사 마리안느 스퇴거와 마가렛 피사레크

　나는 몇 해 전 가족과 함께 오스트리아를 여행할 기회가 있었는데 비엔나와 잘츠캄머굿의 츠뷜퍼호른산과 볼프강호수 할슈타트 등을 방문하면서 오스트리아가 얼마나 아름답고 깨끗한 나라인지 느낄 수 있었다.

　도레미송으로 유명한 영화 '사운드 오브 뮤직'의 배경이 된 곳은 모차르트의 출생지 잘츠캄머굿이다. 푸르른 산과 그림처럼 아름다운 호수를 보면 천진난만한 아이들이 가히 영화처럼 노래를 부르며 춤을 추고 천국처럼 뛰어놀 수 있겠다는 느낌이 들었다.

　수도 비엔나는 베르사이유 궁전을 능가하게 지었다는 쉰부른 궁전을 비롯해 성슈테판 성당 등 도시 전체가 근대 박물관이라고 할 정도로 화려하고 아름다운 도시이다. 모차르트, 베토벤, 슈베르트 등 숱한 음악의 대가들이 활동했던 무대도 모두 오스트리아이다.

그렇게 아름다운 나라에서 젊디젊은 아가씨들이 무엇 때문에 한국에 왔는지 전율을 느낄 정도로 소중한 그들의 인류애에 존경을 표하며 그들을 소개한다.

그들은 평신도로 소속했던 인스부르크 수녀회 추천으로 소록도에서 간호사가 필요하다는 요청을 받고서 인스부르크 간호학교를 졸업하면서 이역만리 한국땅으로 오게 된다.

그렇게 43년간 소록도에서 한센인들을 위해 헌신하다 단 한 푼의 보상도 없이 2005년 11월 새벽 편지 한 장만을 남긴 채 소록도를 떠났다.

환자들이 말리는데도 약을 꼼꼼히 발라야 한다며 장갑도 끼지 않고 상처를 만졌고 오후엔 손수 죽을 쑤고 빵도 구워서 바구니에 담아 들고 마을을 돌며 나눠 주었다.

외국 의료진을 초청해 장애 교정수술을 해 주고 한센인 자녀를 위해 영아원을 운영하는 등 보육과 자활정착사업에도 헌신하였다.

소록도 사람들이 전라도 사투리에 한글까지 깨친 그들을 '할매'라고 부를 때까지 수천 수만 환자들의 손과 발이 되어 평생을 바쳐 소록

▲80대의 마리안느 스퇴거와 마가렛 피사레크

도 한센인을 돌봐 왔다.

숨어서 어루만지는 손의 기적과 누구에게도 얼굴을 알리지 않는 베품이 참베품임을 알았던 그들은 상이나 언론 인터뷰도 번번이 물리쳐서 10여 년 전 오스트리아 정부훈장도 주한 오스트리아 대사가 섬까지 직접 방문해서야 전달할 수 있었다.

떠난 뒤 뒤늦게 알려진 그들의 선행을 기리기 위해 지난해 한 영화 제작자는 '마리안느와 마가렛'으로 영화를 만들어서 많은 이들의 심금을 울리게 했으며, 우리 정부는 이들에게 1972년 국민포장과 1996년 국민훈장 모란장을 수여하였고, 2018년에는 노벨평화상 후보 추천에도 나섰다.

2005년 11월 21일 일흔을 넘긴 나이로 배를 타고 소록도를 떠나던 날, 그들은 멀어지는 섬과 사람들을 보며 하염없이 눈물을 흘렸다고 한다.

그들은 이른 새벽 걸레처럼 닳아빠진 가죽 가방 하나만 들고 아무도 모르게 섬을 떠나면서 '사랑하는 친구 은인들에게' 란 편지 한 장을 남겼다.

나이가 들어 제대로 일을 할 수가 없게 되어
우리들이 있는 곳에 부담을 주기 전에
떠나야 한다고
동료들에게 이야기해 왔는데
이제 그 말을 실천할 때라고 생각합니다.
이 편지를 보는 당신에게 하늘만큼 감사합니다.
부족한 외국인에게 큰 사랑과 존경을 보내주셨습니다.
같이 지내면서 우리의 부족함으로 마음 아프게
해 드렸던 일에 대해 용서를 빕니다.

항상 감사하는 마음으로
마리안느, 마가렛 올림

작년에 그들의 사업을 기리고자 오스트리아 티롤주를 방문하여 관계자들이 그들을 만났을 때 마리안느 간호사는 몇 년 전부터 암에 걸려 치료중이며 마가렛 간호사는 가벼운 치매 증상을 보였지만 우려했던 것보다는 건강한 모습이었다고 한다.

20대 때부터 43년간 살았던 소록도였기에 이제는 돌아간 고향 오스트리아 수도원 3평 남짓한 방 한 칸에 살면서도 소록도가 그리워 방을 온통 한국의 장식품으로 꾸며 놓고 매일 '소록도의 꿈'을 꾼다고 했고, 평생 소망을 담아 '선하고 겸손한 사람이 되라' 라는 글을 한국말로 방문 앞에 써 놨다고 한다.

> 지금도 우리집, 우리 병원 다 생각나요.
> 바다는 얼마나 푸르고 아름다운지……
> 하지만 괜찮아요. 마음은 소록도에 두고 왔으니까요!!!

헌신하신 두 분 성녀께 고개 숙여 감사드린다.

12

남한산성 수어장대

남한산성은 경기도 광주시와 성남시, 하남시, 그리고 서울특별시 송파구 경계에 걸쳐 있으며, 조선시대 한강 이남에서 한양을 수비하는 총사령부 수어청守禦廳이 위치한 곳으로 수어청은 요즘으로 치면 수도방위사령부쯤 된다.

남한산성은 수도 한양을 방어하기 좋은 천혜의 요새이다. 북쪽으로는 한양까지 너른 들판과 강이 있어 경계하기 좋고 가파른 능선은 수비하기에 이보다 더 좋은 곳이 없다. 남동쪽으로는 완만한 구릉을 이루고 있어 군사와 물자를 실어 나르기에도 안성맞춤이어서 산성으로는 최적의 장소이다.

남한산성 남쪽 오리쯤 되는 곳에 광주와 성남을 연결하는 '이배재 고개'가 있다. 고문헌古文獻에는 '이보치利保峙'로 기록되어 있어 '남한산성을 방어하는 데 있어서 도움이 되는 고개' 정도로 해석되나 사람들은 충청도나 경상도 선비들이 과거시험을 보러 한양에 올 때면 반

리더십 박사 이재술의 드림으로 드림하라

드시 넘어야 하는 고개로서 정상에 올라서면 한양도성이 보여서 우선 맨 먼저 한양도성 임금님에게 절을 한 번 올리고, 두 번째는 뒤돌아서 고향에 계신 부모님에게 잘 도착했다고 절을 올리는데 '두 번 절한다 하여 이배二拜재라 붙여진 이름' 이라고 더 많이 알려져 있다. 그만큼 한양이 눈에 보일 정도로 가까운 전략상의 요충지이다.

1636년(인조14년) 12월 1일 청태종은 몸소 12만 내군을 이끌고 조선을 침략한다. 이것이 병자호란이다.

쳐들어 온 이유는 1628년(인조6년) 정묘호란 때 맺은 '형제의 맹약'에서 '군신君臣의 의義'를 요구하고 황과 백금 1만 냥, 말 3,000필, 병사 3만과 왕자, 그리고 척화론을 주장하는 조선 대신들을 심양에 압

송하라는 최후통첩을 거절했기 때문이다.

다급해진 인조는 청나라 군사들을 피해 강화도로 피란을 가고자 했으나 이를 간파한 청나라 군사가 홍제원을 지나 양천강_{지금의 노량진}을 차단하자 말머리를 돌려 급히 남한산성으로 향하게 된다.

1636년 12월부터 이듬해 1월까지 47일간 이곳 남한산성 행궁으로 옮겨 항전했지만 추위와 굶주림에 지쳐 결국 항복하였고, 남한산성 아래 송파 삼전도에서 굴욕을 맛본 치욕의 역사현장이다.

나는 두 번에 걸쳐 광주에서 근무하면서 이곳 남한산성을 수시로 찾았다. 봄이면 벚꽃이 흐드러지게 피었고, 가을이면 단풍이 가장 늦게까지 들었다. 성곽을 따라 오르락내리락 거니는 산책코스는 울창한 소나무와 시원한 바람을 곁들여 항상 기분 좋은 느낌을 주어 즐겨 찾곤 했다.

남한산성은 일 년이면 수백 만 명이 찾는 관광명소로 산행은 대부분 음식점들이 모여 있는 남문주차장에 주차를 하고 근처 '남문'에서 출발한다.

임금님을 지키는 사령부격인 '수어장대'를 지나 남한산성을 쌓을 때 당시 승병_{僧兵}이 머무른 9개 절 중 하나였다는 '장경사'를 거쳐 '행궁'까지 원점 회귀하는 코스를 많이 택하는 데 3시간쯤 걸린다.

성곽을 따라 도는 내내 산 아래로 보이는 서울 시내는 장관을 이루

리더십 박사 이재술의 **드림**으로 **드림하라**

한겨울의 남한산성

나 47일 동안 산성을 사수했던 1만 3천여 군사들이 추위와 굶주림에 지치고 동상으로 발가락이 떨어져 나가거나 죽음에 이르는 처절한 장소였다는 것을 생각하면 가슴이 시리고 아프다.

당시 산성 안에는 양곡 1만 4300석, 220항아리 분량의 장류醬類 그리고 50여 일을 견딜 수 있는 식량뿐이었다고 하니 병사들은 겨우 하루 한 끼 식사도 제대로 하지 못하며 한겨울 추위와 굶주림에 떨었을 것이다.

병자호란은 항복 후 20만 명 이상의 선남선녀들이 청나라로 끌려가 비참한 운명을 맞게 한 전쟁이다. 임진왜란이 발발하여 수십 만 명의 죄 없는 양민들과 군사들이 살상당한 지 불과 38년 만에 이토록 참혹한 결과를 초래했으니 도대체 조선의 임금들은 어떤 생각과 철학으로 나라를 이끈 것인지 참으로 가슴을 치게 만든다.

조선시대 27명의 임금 중 엄청난 전쟁을 초래했거나 망국의 길로 이끈 임금은 선조, 인조 그리고 고종이다.

조선 14대 임금 선조는 중종의 아홉 번째 아들인 덕흥부원군의 셋

▲ 부산진 순절도

째 아들로 태어나 명종이 34세로 요절하자 중전 인순왕후의 지명으로 갑자기 왕위에 오른다.

1592년 조선 건국 200주년이 되던 해까지 조선은 태평스러웠지만 일본을 통일한 도요토미 히데요시의 조선침략이 명백히 예측됨에도 전혀 대비를 하

리더십 박사 이재술의 **드림**으로 **드림하라**

지 않은 채 방관하다시피 했고, 그해 4월 왜란이 발생하자 선조는 도성을 버리고 백성을 내팽겨둔 채 자기 혼자 살겠다고 의주로 피난하였으며, 요동으로 건너가고자 명나라에 망명을 요청하기도 하였다.

모든 백성이 존경하는 임진왜란의 영웅 이순신을 두려워해 틈만 나면 제거하려 하는 등 1598년 전쟁이 끝날 때까지 나라의 안위보다는 자신의 자리보전에 급급했던 인물이다. 이 전쟁을 계기로 조선은 건국 초기와는 달리 내리막길을 걷게 된다.

인조는 조선 16대 임금으로 선조의 5남 정원군과 부인 구씨의 장남으로 태어나 능양군에 책봉되었다가 1623년 김자점, 이괄 등 서인들에 의해 주도된 인조반정으로 광해군을 몰아내고 갑자기 왕이 된 인물이다.

광해군의 중립외교와는 달리 반금친명정책을 썼다가 1627년 정묘호란과 1636년 병자호란을 초래하여 소현세자와 봉림대군을 포함한 20여 만 명의 백성이 청나라로 끌려가는 비극을 초래한 임금이다.

인조반정으로 인해 폐위되어 폭군의 대명사로 불리었던 광해군은 승자의 기록이 잘못되었다 하여 요즘 재평가 받고 있는 반면, 인조는 일설에 의하면 똑똑하고 현명하며 따뜻한 가슴을 가진 큰아들 소현세자와 세자비, 그리고 손자들까지도 왕권을 위협한다 하여 무참히 독살(?)했을 정도로 피도 눈물도 없는 인물로 평가받는다.

『화냥년』

바로 병자호란 때 잡혀갔다 돌아 온
여자들을 환향녀(還鄕女)라고 했는데,
몸을 더럽힌 여자라 하여
반겨주는 가족이 없었다.
나중에는 '화냥년'으로 불리었다.

민족혼 되찾기 www.ah33.net

우리가 지금까지 무심코 쓰는 '후래자식' 이나 '화냥년' 이란 말도
병자호란 때 생겨난 말로 우리의 슬픈 자화상이자 비극이다. '청나라
로 끌려갔다가 고향에 돌아온 부녀자' 란 뜻의 환향녀還鄕女는 천신만
고 끝에 고향에 돌아왔으나 몸을 더럽혔다며 남편이나 부모가 받아주
지 않자 먹고 살 게 없어 죽지 못해 유흥가에서 몸과 웃음을 팔던 아
녀자를 가리키는 말이고, 후래자식은 이들 부녀자들에게서 태어난 자
식들, 다시 말해 '애비 없이 태어난 청나라에서 온 호래胡來자식' 이란
말로서 이보다 더한 아픔이 어디 있겠는가 싶을 정도로 몹시 슬프고
도 씁쓸하기 그지없는 말이다.

고종은 흥선대원군 이하응의 둘째 아들로 태어나 1863년 철종이
후사없이 승하하자 조대비의 지시로 12세에 즉위하여 10년간 조대비

의 수렴청정과 대원군의 섭정을 받다가 22세에 친정을 선포하였으나 우리가 잘 아는 명성황후와 대원군의 갈등으로 끝없이 소모전만 일삼다가 1876년 병자수호조약과 1905년 을사늑약을 거쳐 결국 1910년 일본에게 나라를 내준 인물이다.

위의 선조, 인조, 고종의 공통점은 모두 선대 임금의 정통 후계자들이 아니고 중전이나 대비의 지명 또는 반정으로 임금이 된 인물들이다.

어리숙한 인물을 왕으로 내세워 섭정을 하기 위함이나 꼭두각시로 삼기 위해 무능한 인물들을 왕으로 삼지 않았나 하는 의구심을 떨칠 수 없다.

그런 결과로 이러한 임금들이 재위한 기간 공히 조선은 엄청난 전쟁과 소용돌이에 휘말렸으며 수십 만의 선량한 부녀자들과 양민들이 통곡의 눈물을 흘렸고 학살당하는 결과를 초래하게 되었다.

남한산성은 최근 그곳이 '남한산성' 이란 영화를 통해 고통과 비극의 역사현장이었다는 사실이 많이 알려졌지만 400년 전이나 지금이나 별로 달라진 것이 없이 나라의 안위는 생각지 않고 눈앞의 이익에만 급급해 싸움만 되풀이하는 오늘날의 정치권을 볼 때면 우리 민족의 저력이 이 정도 밖에 안 되는가 싶어 참으로 답답하다.

13

전주 한옥마을

예향의 고장 전주는 천년 고도^{古都}이다. 유네스코 세계문화유산 '판소리'의 고장이자 전라감영이 소재했던 호남의 전통적인 양반고을이다. 한지와 한식 등 우리 문화의 참맛이 살아있는 고장이다. 전주에 들어오는 고속도로 톨게이트, 전주역 그리고 시내로 들어오는 입구에 위치한 대문_{호남제일문}도 어김없이 한옥으로 되어 있다.

전주란 지명은 온전하다는 뜻의 '완_完 또는 전_全'을 앞머리에 두고 뒤에 뫼산_山이나 고을을 뜻하는 주_州를 붙여 썼는데 견훤의 후백제시대 때까지는 완산으로 불리우다가 삼국통일 후 신라 경덕왕에 들어서서 전주라는 지명을 처음 사용하기 시작했다.

전라도는 전주와 나주를 합쳐서 태어난 지명으로 경주와 상주가 합쳐진 경상도와 충주와 청주가 합쳐진 충청도 등과 더불어 조선시대 삼남지방을 이루었고, 그중에서 전라도는 호남평야와 나주평야를 관할하여 우리나라에서는 가장 토지가 비옥한 곡창지대로 예로부터 인심이 후하고 먹을 것이 풍부해 살기가 좋았던 고장이었다.

당시에는 전라감사가 얼마나 좋은 관직이었던지 평양감사 다음으로 인기 있는 지방수령이었다고 한다.

중국으로 가는 길목에 위치해 있어 왕이나 사신 등 고관대작들의 눈에 띄기 좋아 출세의 지름길이었던 평양감사 못지 않게 인기 있는 관직이었다고 하니 격세지감을 느낀다.

▲ 풍남문

　전주 시내 남쪽 외곽에 위치해 있는 전주 한옥마을은 일제강점기에 지금 같은 모습으로 이루어지기 시작했다. 당시 전주의 중심이었던 풍남문 밖 서쪽 다가동 쪽에 모여 살던 일본인들이 1930년대 전주−군산간 신작로를 만들 때 성안으로 들어와 지금의 남부시장 부근에 자리를 잡고 상권을 형성하자 이에 반발해 조선인들은 풍남문 동쪽 조선 태조의 영정을 모신 경기전에서부터 고려말 이성계가 남원부근 황산에서 왜군을 무찌르고 종친들과 승전을 자축했던 오목대 아래 한벽루에 이르기까지 마을을 이루었는데 이것이 오늘날의 한옥마을이다.

서편 한옥마을 입구 경기전 앞에 위치해 있는 로마네스크와 비잔틴양식이 돋보이는 전동성당과 남쪽의 전주천을 끼고 있는 한벽루는 아름답기로 유명하며 한벽루 아래 전주천변 오모가리탕은 어릴 적부터 전주비빔밥, 콩나물국밥과 더불어 전주를 대표하는 음식이었다.

　　이외에도 지금은 철거되었지만 1970년대 전주의 번화가 한복판에 자리하여 전주의 명물이었던 미원탑 부근에 위치한 풍년제과효코파이로 유명와 중앙극장 부근의 튀김집 산울림, 객사 부근의 장미호떡, 그리고 완산동 막걸리집 등이 전주시민들이 즐겨 찾는 맛집이었다.

◀ 미원탑

전주를 완만히 남쪽에서 둘러싸고 있는 '완산7봉'과 당시로서는 미국의사들에 의해 운영되어 전국적 명성을 떨쳤던 '예수병원' 옆 우리들의 데이트코스 '다가공원', 5월이면 연꽃이 끝도 없이 펼쳐진 '덕진공원' 그리고 돈 없는 학생들의 미팅장소인 아카데미 극장 옆 '홍지서림' 등이 전주를 대표하는 명소였는데 지금과는 많이 다르다.

나는 고등학교를 이곳 전주 한옥마을 교동에서 다녔다. 7~80년대 한옥마을이 소재했던 전주 풍남동, 경원동, 교동, 전동 일대는 관광지와는 동떨어진 그야말로 한적한 전주 외곽 변두리였다.

한옥 이외에는 증·개축이 제한되는 여러 가지 법령상 제한으로 마을은 생기를 잃어버렸고 관광객은 구경조차 할 수 없는 조용하다 못해 퇴색하기까지 한 고즈넉한 마을에 불과했다.

그런 마을이 지금은 연간 1,000만 명의 관광객이 찾는 관광명소로 거듭났다고 한다. 처음 누군가가 한옥마을을 관광지로 발전시키고자 제안했을 때 '미친놈'이라며 말도 안 된다는 소리를 한다고 비난을 했으나 그 택도 없는 제안을 한 사람이나 이를 받아들여 화려하게 성공시킨 자치단체장이나 정말 칭찬을 아끼지 않을 수 없다.

그러나 요즘 한옥마을에는 근본을 알 수 없는 패스트푸드 스타일의 퓨전음식들이 넘쳐나고 있다고 한다. '예향과 양반의 고장 전주'의 느낌을 잃어버리는 것같아 안타까운 마음이 없지 않으나 지금까지

▲ 전주 막걸리 골목 안주 사진

변변한 공장 하나 없이 먹고 살거리가 부족했던 전주에 천지가 개벽할 한옥마을이 재탄생하여 이 고장을 먹여 살리고 있으니 감사할 따름이다.

　지난 주말 친구와 함께 삼천동 막걸리 골목을 찾았다. '수학의 정석'으로 유명한 홍성대 저자가 세운 전주 상산고 부근에 있다. 전주 막걸리 골목은 서신동 막걸리와 삼천동 막걸리 골목으로 양분되는데 분위기는 비슷하다. 두 군데 다 골목 양쪽에 수십 개의 막걸리 집이 가득하다. 원래 전주 막걸리 골목은 우리가 고등학교 다닐 때 완산교 다리 옆 천변에서 허름한 대폿집 몇 개로 시작한 데서 유래한다.

　그 당시에도 막걸리를 시키면 안주가 무료로 나왔었는데 주로 돈

없는 막노동자, 지게꾼, 가난한 대학생 등이 이용했었다.

막걸리 1주전자[2병]는 36,000원 정도 하는데 안주는 무료이다. 1병 추가할 때마다 18,000원을 받고 안주도 새롭게 추가된다. 흔히 말하는 육해공[육류, 해산물, 조류] 안주가 한상 가득 나오는데 40여 가지가 넘는 안주에 감탄해 마지 않는다.

전주 한옥마을의 탄생을 보면 인류의 발전은 항상 극소수의 역발상자나 창의자에 의해서 이루어진다는 것을 새삼 느낀다.

이렇게 창의적이고 발전적인 누군가의 노력으로 전국 곳곳에 '함평 나비축제' '인제 빙어축제' '화천 산천어축제' '고창 청보리축제' '괴산 산막이 옛길' 등은 탄생되었고, 지금은 각 고장마다 수백만 명의 관광객들로 넘쳐나 마을은 활력과 풍요로움을 되찾았다.

리더의 역할이 매우 중요하다는 것은 아무리 강조해도 지나치지 않다. 훌륭한 리더는 가정에서도, 사회에서도, 국가에서도 구성원 모두를 풍요롭게 하지만 사사로이 개인의 이익을 탐하거나 무능한 리더는 가정과 조직과 국가를 분열시키고 가난하게 하며 위기에 빠트린다.

모두가 성공하기 어려울 거라고 예상했고 심지어 정신 나간 사람이라는 비난을 들으면서도 꿋꿋하게 추진하여 오늘의 풍요를 이루어낸 그분들에게 아낌없는 박수를 보낸다.

다부동 전적기념비

14

다부동 전투와
군위 삼존석굴

경북 군위군 군위면 동부리 509번지는 아버지가 태어난 곳이다. 내 호적에는 그곳이 나의 출생지로 기록되어 있지만 나는 대학 2학년을 마치고 논산훈련소에 입대하고 나서야 나의 뿌리가 그곳인 줄 알았다.

강추위가 맹위를 떨치던 1월 중순 훈련소 옆에 있는 입소대에서 속칭 '사제물' 을 빼고 군복으로 갈아입은 후 한겨울 밤중에 논산훈련소 연병장에 들어갔을 때 날씨는 영하 20도를 오르내리고 있었다. 얼마나 추웠는지 손이 얼어서 단추를 꿸 수 없을 지경이었다.

대열을 이룬 채 행진하던 우리 일행은 이윽고 어느 부대 앞에 도착했고 연병장에 헤쳐 모인 우리들에게 출신지역^{본적}별로 줄을 서라고 해서 나는 당연히 시·도별 팻말을 따라 내가 나고 자란 전라북도 줄에 섰다.

왜 그렇게 출신지역에 따라 줄을 서라고 했는지 알 수 없었지만 지금 같았다면 엄청난 반발을 불러 일으켰을 것이다. 어쨌든 5~60명씩 길게 줄을 선 장정들마다 한 명씩 출신 명부와 얼굴을 대조하면서 시·도별 배치를 마친 조교들이 몇 번을 찾아봐도 전라북도 줄에서는 1명이 남고 경상북도 줄에서는 1명이 모자라는 일이 벌어졌다.

마지막까지 나 혼자 전라북도 줄에 남아있던 나에게 "너, 고향이 어디야?" 해서, 나는 당당하게 "전북 정읍입니다" 라고 했는데, "어!

이상하다?" 하면서 몇 번을 묻더니, "너, 아버지 고향이 어디야?" 해서, "아버지 고향은 경북 군위입니다" 했더니 "그러면 그렇지" 하면서 그때부터 심한 욕설과 함께 사정없이 군화발이 날아왔다.

"이 개새끼, 지 고향도 몰라?"

분이 풀리지 않은 조교들로부터 집단으로 한참 얻어맞은 후에야 나는 그때 알았다.

'고향은 내가 자란 곳이 아니고 아버지 고향이 내 고향인 것을….'

아버지는 6.25전쟁이 한창이던 1951년 군위에서 고등학교를 마치고 전투경찰대에 자원입대하여 2년간 지리산 공비 토벌작전에 투입되었다.

1953년 전쟁이 끝난 후 고향에 돌아가길 원했으나 전쟁의 상흔이 남아있는 지리산 아래 전라북도 남원경찰서에 원치 않게 배치되었다가 몇 년 후 전라도 여성과 결혼하면서 어머니 고향인 정읍으로 돌아와 아예 터를 잡아버렸다.

아버지는 그 후로 20여 년을 정읍경찰서에서 재직하였고, 퇴직하면서 시골농협 조합장으로 전직하였다.

조합장 선거 때만 되면 늘 객지 사람이라고 타후보들의 비판에 시달렸지만 끝내 고향에 돌아가지 않았고, 지금은 전북 임실 호국원에 묻혀 계신다.

나는 어려서부터 아버지를 따라 명절이면 경북 군위에 있는 큰집에 다니곤 했다. 새벽에 출발한 우리가 한밤중에 큰집에 도착할 때마다 친할머니는 생전에 "우리 술이 왔나?" 하면서 구부정한 허리를 들어 반겨주셨고, 큰집에서 우리집은 '전라도 삼촌네'로 불리었다.

아버지는 당시로서는 유독 막내인 나만 데리고 다니셨는데 지금 생각해 보면 경제적으로 어려웠던 그 시절, 형 누나에 비해 아마 차비를 내지 않고 공짜로 데리고 다닐 수 있어서 그랬지 않았나 싶다.

교통사정은 매우 열악해서 새벽에 정읍역에서 출발한 완행열차는 점심때쯤 대전 회덕역에서 갈아타야 했고, 저녁 무렵에나 대구역에 도착하면 원대주차장(지금은 대구 북부정류장)에서 출발하는 군위행 버스를 놓치기 일쑤였다.

그럴 때면 칠곡으로 건너가는 다리 입구에서 지나가는 트럭을 종종 얻어 타고 두 시간 가량 군위까지 가곤 했는데 칠곡을 지나 다부동에 이르면 아버지는 여기가 옛날에 큰 전투가 일어난 곳이라고 설명을 해 주셨다.

그때는 다부동이 6.25전쟁 당시 그렇게 중요한 전투를 한 곳이라고는 미처 알지 못했다. 성장하면서 대구가 왜 방어가 됐는지를 알게 되면서부터 새로운 눈으로 다부동을 보게 되었다.

1950년 6월 25일 전쟁을 일으킨 북한군은 국군과 유엔군을 물밀듯

▲ 다부동전적기념관

이 남쪽으로 몰아내었다. 그 해 8월 1일 벌써 진주~김천~점촌~안동~영덕을 연결하는 전선까지 진출하여 대구는 풍전등화처럼 위태로웠다.

7월 20일 충주 수안보까지 내려온 김일성이 "8월 15일까지는 반드시 부산을 점령하라"고 독촉했던 바 북한군은 가용병력의 절반에 해당하는 5개 사단을 대구 북방에 배치하여 낙동강을 돌파하고 대구를 점령하려 시도하였다.

반면 아군은 총 3개 사단(국군1사단, 6사단, 미 제1기병사단) 뿐이었으며 그나마 인접 사단들이 연결되지 못한 상태로 모든 것이 열세였다.

낙동강 방어선 중에서도 다부동은 대구 방어에 있어서 가장 중요한 전술적 요충지였다. 만일 다부동이 적의 수중에 들어가면 아군은 남쪽 10km 밖 도덕산660m 일대까지 철수할 수밖에 없었고, 그러면 대구는 적 포병 사정권 안에 들어가기 때문에 다부동은 국군 최후의 저항선 즉 마지노선이었던 셈이다.

국군 제1사단은 다부동 일대 주저항선에서 북한군 3개 사단을 맞아 6.25전쟁 중 가장 치열한 전투를 벌였는데 유학산에서는 아홉 번, 328고지에서는 무려 열다섯 번이나 고지의 주인이 바뀔 정도로 피아간에 물러설 수 없는 치열한 공방전이 벌어졌다.

55일간이나 계속된 전투에서 북한군 2만 4천 명과 국군 1만여 명이 죽거나 다치는 엄청난 인명피해를 냈다. 전투에서 승리한 국군은 북한군 3개 사단에 치명적인 패배를 안겨 전세를 역전시키는 계기가 되었고, 다부동 전투는 6.25전쟁사에서 가장 위대한 전투 중 하나로 평가받고 있다.

당시 국군 제1사단장이었던 백선엽 장군은 "우리는 여기서 한 발자국도 후퇴할 곳이 없다. 대한의 남아로서 나가 싸우자. 내가 앞장서겠으니 나를 따르라. 내가 후퇴하거든 나를 쏴라"라는 피맺힌 격려를 하고 직접 진두지휘에 나섰다고 한다.

다부동 전투는 구국의 발판이 되는 중요한 전투였지만 승리하기까지 정말 많은 희생이 따랐다.

전쟁이 끝난 후 참전기념비 앞에서 "살아남은 자의 훈장은 전사자의 희생 앞에서 빛을 잃는다"고 말하며 눈물을 흘린 사단장의 심정을 충분히 이해하고도 남는다.

국군은 물론이고 어린 나이에 참전해 이름도 모른 채 숨겨간 수많은 소년병, 학도병과 구국의 일념으로 탄약과 보급품을 날랐던 노무자들까지도 다부동 전투의 영웅들이다.

다부동에서 멀지 않은 팔공산 북쪽에 '제2석굴암'이라고도 불리는 '군위 아미타여래 삼존석굴'이 있다. 보통 군위 삼존석굴이라 부른다. 경주 토함산 석굴암의 모태로서 7세기경 경주 석굴암보다 100년 더 일찍 만들어졌으나 1950년대까지도 잊혀졌다가 근래에 들어 그 가치를 인정받아 국보 제109호로 지정된 곳이다.

군위 삼존석굴은 석굴의 규모나 분위기가 경주 석굴암과는 많이 다르다. 그러나 규모가 작고 다소 섬세함이 떨어질지라도 경주 석굴암의 인공석굴과는 다르게 천연동굴 안에 부처님이 모셔져 있어서 그런지 오히려 자연스러움과 편안함을 느끼기에 충분해서 나는 몇 해 전까지만 해도 아버지와 이곳을 즐겨 찾았다. 전에는 교통이 매우 불편했지만 지금은 상주 – 영천간 고속도로가 개통되어 많은 사람들이

▲ 군위 아마타여래 삼존석굴

찾고 있다.

동군위 IC에서 10분 정도면 삼존석굴에 편하게 도착할 수 있다.

나는 지금도 고향인 듯 아닌 듯 조상들의 선산이 있고 삼존석굴에서의 추억이 남아있는 군위를 가끔씩 찾는다. 그러다가 다부동을 지날 때면 그 때마다 아버지의 품에 안겨 먼지 날리던 트럭을 타고 군위할머니집에 가던 수십 년 전 어린아이가 떠오른다.

15

로마의 휴일

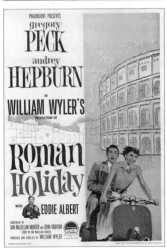

에펠탑

10여 년 전, 큰맘을 먹고 여름휴가를 이용하여 아내와 함께 서유럽을 여행한 적이 있다. 그전에 몇 번 중국과 동남아권을 가보기는 하였으나 뉴스에서만 보던 파리, 로마, 제네바 등 서유럽을 여행한다는 생각에 며칠 밤을 설레며 인천공항으로 향했다.

개선문

13시간의 비행 끝에 프랑스 파리 드골공항에 도착했지만 국내선 김포공항보다 못한 시설과 더딘 입국수속에 적지 않게 실망했다.

샹젤리제 거리

그러나 잠시뿐, 파리 시내를 달려 꿈처럼 에펠탑에 올라보고 개선문과 샹젤리제 거리를 걷고 베르사유 궁전의 화려한 장식과 파리의 야경을 느끼며 세느강 유람에 취했을 때는 '참 촌놈이 출세했다'라는 생각을 떨칠 수가 없었다.

베르사유 궁전

몽마르트르 언덕 정상에 위치한 사크레쾨르 대성당에 올라가서 파리 전경도 내려

세느강 유람

사크레 쾨르 대성당

라데팡스

루브르박물관

노트르담 대성당

콩코드광장

다보았다. 에펠탑과 멀리 고층 건물이 밀집한 신시가지 라데팡스를 제외하고는 고도 제한이 있어서 그런지 지평선처럼 잔잔했으며, 아름답고 평화로워 보였다.

현대식 유리 피라미드와 묘하게 어울리는 세계 3대 박물관중 하나라는 루브르박물관, 빅토르 위고가 쓴 소설 〈노트르담의 꼽추〉의 배경이 된 노트르담 대성당, 루이 16세가 단두대의 역사 속으로 사라진 콩코드광장 등 뉴스와 사진에서만 보던 모습들을 신기하게 바라보았던 추억을 뒤로 한 채 파리역에서 테제베에 올라 스위스 제네바로 향했다.

초고속 열차로 제네바까지 3시간을 달리는 동안 언덕하나 없이 끝없이 펼쳐지는 대평원은 우리나라에서는 볼 수 없었던 풍경으로 프랑스가 왜 세계적으로 콧대가 센지 대충 이해할 것 같았다.

알프스에서 녹아내린 눈물이 모여 이뤄

융프라우 정상 전망대

진 툰과 브리엔츠 두 개의 호수 사이에 자리한 마을 인터라켄에서 하룻밤을 묵은 후 융프라우 산악열차를 타고 꼭대기에 오르며 본 알프스의 장관은 가슴 벅찬 감동이었다.

알프스 사면에 그림처럼 아름다운 집들과 함께 어우러진 노랗고 빨갛고 파란 야생화들은 녹색 초원 위에서 수줍은 듯이 자태를 뽐내

리더십 박사 이재술의 **드림으로 드림하라**

레만호의 노을

루체른 호수

밀라노 두오모 대성당

고 있었고 산악철도를 따라 파
노라마처럼 펼쳐진 아이거, 묀
히, 융프라우 등 알프스 영봉들
은 만년설 속에 웅장함을 드러
내고 있었다.

제네바에서의 레만호의 노을
과 융프라우 정상 전망대에서
바라본 알프스, 그리고 루체른
호수의 그림 같은 풍경은 잊지
못할 추억이 되었으며 다른 한
편 융프라우 정상 매점에서 파

비토리오 에마누엘레 2세 갤러리아

라 스칼라 극장

는 국산 라면과 스위스 산악열차에서 흘러나오는 한국어 안내 방송도 우리 일행을 가슴 뿌듯하게 했다.

스위스를 뒤로하고 패션의 도시 이탈리아 밀라노에 진입했다. 500년에 걸쳐 완성된 '밀라노의 혼' 이라는 고딕양식의 결정판 두오모 대성당은 세계에서 가장 거대한 고딕양식 건물답게 명불허전名不虛傳이었다.

산타마리아 델 피오레 대성당

미켈란젤로 광장 언덕

　대성당 바로 앞에는 우리가 흔히 '갤러리아'라고 알고 있는 세계적인 명품 아케이드인 '비토리오 에마누엘레 2세 갤러리아'가 있고, 아케이드 뒤로 세계적인 작곡가 베르디와 푸치니가 오페라를 초연한 곳으로 유명한 '라 스칼라' 극장이 있다.

　서울 충무로에 있던 스카라극장 앞을 지나다닐 때 오리지널 스카라극장은 어떤 모습일까 궁금했었는데 막상 직접 와서 보니 별 게 아니었다.

광장 뒤편에 위치하고 있는 평범한 모습의 극장 외관은 생각보다 화려하지 않아 명성에 비해 초라하기까지 했다.

밀라노를 떠나 도시 전체가 붉은색 지붕으로 뒤덮여 있어 '꽃의 도시'로 일컫는 르네상스의 부흥지 피렌체로 향했다. 영어로는 꽃플라워을 뜻하는 플로렌스florence가 피렌체라 한다. 이탈리아 문예 부흥의 중심지로 그 황금시대를 맞이하였던 곳이다.

시내 중심에 위치한 산타마리아 델 피오레 대성당은 어마어마한

나폴리

폼페이 유적지

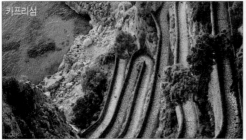
카프리섬

소렌토

규모로 당시의 영화를 보는 듯하였
다. 도시를 한눈에 바라볼 수 있는
'미켈란젤로 광장 언덕'에 올라 바라
보는 피렌체는 온통 붉은 빛으로 물
들어 고색창연한 모습이 더욱 아름다
웠다.

포로 로마노

중세 상업의 중심지로서 인공섬의
도시 베니스와 한때는 세계 3대 미항
으로 손꼽혔지만 이제는 각종 부두시
설로 많이 망가진 나폴리, 베수비오
화산폭발로 천 년간 잠들어 있었던
폼페이, 이탈리아의 전설적인 테너가
수 카루소가 살았다는 절벽의 도시
소렌토, 그리고 로마황제의 별장이
있던 카프리섬의 환상적인 지중해 풍
경 등 저마다의 특색이 있는 이탈리
아 여행은 어느 한 곳도 눈을 뗄 수
없을 정도로 즐거웠다.

드디어 이탈리아의 심장 로마에

트레비 분수

콜로세움

진실의 입

들어섰다.

2500년의 역사를 가진 도시 로마는 시가지 전체가 박물관이라 말할 정도로 대단했다. 성베드로 성당을 비롯한 근대 건축물의 웅장함과 섬세함에 놀라면서도 이제는 폐허처럼 허물어져 가는 고대유적 '포로 로마노'에서는 새삼 쓸쓸한 영광도 함께 느꼈다.

트레비 분수 앞에서는 남들처럼 뒤로 돌아 동전도 던져 보고, 스페인 광장에서는 '젤라또' 아이스크림도 사먹어 봤다.

콜로세움에서 로마기병 분장을 한 로마인과 1달러를 내고 사진도 찍었고, '진실의 입' 앞에서는 아내와 손을 맞잡고 거짓말을 하면 잘린다는 입속에 손을 들이밀어 사랑의 언약도 인증 받았다.

사실 나에게 로마를 이렇게 주인공처럼 즐길 수 있도록 모티브를 제공한 사람이 있다면 세기의 연인 오드리 헵번이다. 영화를 본 사람이라면 누구나 한 번쯤 로마를 꼭 가보고 싶도록 만들었고, 또 그 안에서 '오드리 헵번 따라 하기'로 누구나 주인공으로 만들었다.

오드리 헵번이 주연한 영화 '로마의 휴일'은 로마를 배경으로 1953년도에 만들어진 미국의 흑백영화다.

청초하고 발랄한 이미지로 한 때 전 세계 남성들의 연인이었던 오드리 헵번과 훤칠한 키에 조각 같은 외모로 최정상의 인기를 누렸던 그레고리 펙이 주연하여 그 해 아카데미상을 휩쓸었던 영화로서

1955년에는 국내에서도 상영되어 선풍적인 인기를 끈 후 지금까지도 명절이면 TV에서 상영되는 명작 중의 명작이다.

영화 '로마의 휴일' 의 줄거리는 간단하다.

친선방문차 로마를 방문한 영국의 공주 오드리 헵번가 꽉 짜인 일정에 싫증이 나서 남몰래 숙소를 빠져나와 신분을 숨긴 채 거리를 배회하다 우연히 착한 미국 신문기자 그레고리 펙를 만나 하룻밤을 보내게 된다.

이튿날 둘은 스페인계단, 트레비분수, 진실의 입 등 로마시내 구경을 함께 하지만 공주를 찾으러 나선 경호원들과 좌충우돌 사건을 벌

사브리나   전쟁과 평화   티파니에서 아침을

인 후 공주는 다시 본래의 숙소에 돌아가게 된다.

다음날 로마를 떠나며 공주의 신분으로 공식 인터뷰를 할 때 둘은 인터뷰하는 신문기자로서 다시 만나 애틋한 마음을 교환하는데 기자는 전 세계적으로 특종이 될 수 있는 사진 등을 버리고 공주의 프라이버시를 보호해 주며 헤어진다는 내용이다.

오드리 헵번은 이 영화 하나로 단숨에 톱스타 반열에 올랐다. 1929년 벨기에 브뤼셀에서 태어난 그녀는 어린 시절 부모의 이혼과 2차 세계대전으로 어렵게 자란 후 1950년에 미국 헐리웃으로 건너가 여자 배우로 데뷔한다.

처음에는 주목받지 못하고 단역으로 전전하였으나 1953년에 제작된 '로마의 휴일'은 그녀에게 아카데미 여우주연상을 안겨주었다.

그 후 '사브리나' '전쟁과 평화' 등에서 승승장구하다가 1961년

'티파니에서 아침을'로 연기 인생의 정점을 찍으며 그녀는 네 번째 오스카상을 수상한다.

그러나 영화에서의 화려함과는 달리 오드리 헵번은 두 번의 결혼과 두 번의 이혼을 했으며, 결혼생활 기간 대부분도 불행하게 보냈다.

1954년 '전쟁과 평화'에서 함께 공연한 멜페러와 첫 번째 결혼하였으나 13년 만에 이혼하였고, 그로부터 2년 후 아픔을 위로하겠다고 청혼한 이탈리아 정신과 의사와 재혼하였으나 그와도 9년 만에 또 다시 이혼하였다.

두 번째 이혼한 후로는 더 이상 결혼하지 않고 두 아들과 함께 스위스에서 살면서 젊은 날의 불행을 딛고 아프리카나 세계 오지의 굶주린 아이들을 돌보는 데 앞장섰다.

1988년도부터 1992년까지 유니세프 친선대사로서 활동하면서 이디오피아, 소말리아, 수단, 베트남 등 그녀의 손길이 필요한 곳이라면 세계 어디든지 달려갔다.

유니세프 친선대사로 활동 - 소말리아, 1992

그러다 1993년 1월 향년 63세의 아까운 나이에 대장암으로 세상을 떠나 제

네바 레만호와 알프스 몽블랑이 보이는 곳에서 영면에 들었고, 우아함과 발랄함을 기억하고 있던 많은 팬들은 그녀의 죽음에 대해 안타까워하며 슬퍼하였다.

그러나 그녀의 주름에 배인 인도주의는 젊었을 때의 미모보다도 아름다웠고 힘들었을 결혼생활은 오히려 그녀를 초연하고도 따뜻하게 만들었던 것 같다. 그녀의 말년 모습을 보면 담대함과 휴머니즘이 절로 묻어난다.

만약 그녀가 행복한 결혼생활을 했더라면 지금처럼 존경받는 오드리 헵번은 없었을지도 모른다.

그녀의 생은 짧았지만 오래도록 아름다운 향기가 배어나는 것 같다. 그래서 우린 그녀를 더욱 추억하고 그리워하는 것이 아니겠는가.

새옹지마塞翁之馬란 말이 있다.

인생의 길흉화복吉凶禍福은 되풀이 될 수 있다는 뜻이다.

"어제의 슬픔이 오늘의 기쁨이 되고, 오늘의 기쁨은 내일의 슬픔이 될 수 있다"는 말이다.

'화향백리花香百里, 주향천리酒香千里, 인향만리人香萬里' 라는 말도 있다.

"꽃의 향기는 백리를 가고, 잘 익은 술의 향기는 천리를 가지만 사람의 아름다운 향기는 만리를 간다" 는 뜻이다.

로마와 파리는 꼭 다시 한 번 가보고 싶은 도시이다. 벌써 10년도 더 지난 옛 사진 속의 젊은 내 모습이 다시 찾았을 때는 할아버지 모습으로 변해 있겠지만 비슷하게 할머니로 변한 아내의 손을 잡고 몽마르트르 언덕 위에 있는 카페에서 차 한 잔 마시며 아름다운 황혼을 보내고 싶다.

애향단 아침 청소

16

애향단과 정읍 구절초축제

먼지를 뿌옇게 내뿜으며 트럭 한 대가 시골 지서 앞에 도착하자 한 무리의 장정들이 트럭 뒤로 달려들어 지서 한켠에 딸린 관사에 짐을 부리기 시작했다.

아버지는 직원 3명이 있는 그 지서의 이파리 세 개 지서장이었다. 사람들은 아버지를 지서주임이라고 불렀는데 그 동네에서는 제일 대장으로 보였다. 살림집인 일본식 관사는 지서와 'ㄱ' 형태로 붙어 있었는데 유리창이 달린 긴 복도를 사이에 두고 맨 아래는 부엌, 그 다음은 안방, 웃방 그리고 복도 끝에는 창고와 변소가 있었다.

당시 변소는 거의 모든 집에서 안채에서 멀리 떨어진 한쪽 귀퉁이에 있었는데 관사에는 신기하게도 집안에 변소가 있었고, 더 놀라운 사실은 사람 두세 명은 족히 들어갈 만한 큰 솥을 갖춘 목욕탕이 있었다는 사실이다.

한 달에 한 번 정도 그 목욕탕에 장작을 지펴서 우리 가족은 모두가 목욕을 했다. 어머니는 각각 두 살 터울인 형, 누나 그리고 나를 발가벗겨 통째로 탕에 넣어 몸을 불리게 한 후 돌멩이나 지푸라기 같은 걸로 때를 박박 밀어줬다.

이사 온 다음날 어머니는 형과 누나를 데리고 지서 뒤편에 있는 초등학교로 갔다. 형은 4학년, 누나는 2학년으로 전학이 되었고, 그 후로 난 늘 혼자였다. 측백나무 울타리로 둘러싸인 관사 앞마당이 나의 유일한 놀이터였고 주변 민가는 지서와 멀리 떨어져 있어 누가 사는지도 몰랐다.

그렇게 시간이 흐른 후 나도 초등학교 1학년에 입학해서 또래 아이들과 어울리게 되었는데 그 동네 아이들은 그전에 살았던 정읍 읍내와는 달리 지독히도 사투리를 많이 썼다.

예컨대 부엌은 정지, 김치는 지 또는 겅게, 부추는 솔, 오징어는 수레미, 김은 해우, 돌멩이는 독, 털쉐터는 독고리, 개울은 또랑, '비켜'는 '치나', '잠깐'은 '도마도마' 등 이런 식이었다.

나중에 대학을 다녔던 서울에서는 물론 고등학교를 다녔던 전주에서도 그런 말들이 쓰이지 않는다는 사실을 뒤늦게 알았지만 내 몸에 배인 그 사투리를 고치지 못한 덕분에 나는 상급학교에 진학해서도 고스란히 촌놈 취급을 받았다.

이듬해 우리는 다시 트럭에 이삿짐을 싣고 이십리 떨어진 인근 산내면 새터마을로 이사를 했다. 아버지가 그곳으로 발령난 덕분이었다. 지서가 위치한 새터마을은 아흔아홉 굽이를 돌아야 올라올 수 있다는 구들재를 넘어와야 했는데 전에 살던 평사리는 이곳에 비하면 오히려 도시였다. 새터마을은 산속에 갇혀 있는 첩첩산중 산간 오지였다. 전기는 지서 부근 면소재지에만 들어왔고 버스는 고작 하루에 두세 번만 다녔다.

어느덧 2학년이 된 나는 아담한 산비탈에 위치한 초등학교에 다니게 되었는데 그 학교는 갓 신설된 학교라서인지 건물만 지어졌지 책걸상이 없었다.

교실바닥은 황토 위에 멍석만 깔아놓았고, 우리는 멍석 위에서 공부했다. 교실과 교실 사이 복도에는 긴 나무판을 깔아 건너다니게 했고, 점심 때는 산중턱 아무 데나 앉아 벤또^{도시락}를 먹었다.

벤또를 싸오지 못한 친구들은 학교 사환아저씨가 커다란 솥에서 쪄준 밀가루와 옥수수 가루가 섞인 빵과 우윳가루를 나눠주었는데 벤또를 싸온 애들에게는 지급되지 않았다. 나는 할 수 없이 내 벤또와 다른 아이들의 빵을 바꿔 먹거나 그 빵을 동전을 주고 사먹었다.

▲ 반공 방첩, 재건 학교 건물

검은색 판자를 두르고 양철지붕을 한 학교 벽면에는 어김없이 '반공방첩'과 '재건'이란 구호가 적혀 있었고, 우리는 시도 때도 없이 각종 노동에 동원됐다.

그중 '퇴비증산운동'이 제일 힘들었다. 산으로 들로 다니며 풀과 작은 나무들을 낫으로 베어 어깨에 메거나 리어카로 학교까지 실어 날랐다. 운동장 한컨에 반별로 팻말을 꽂아놓고 산처럼 퇴비를 쌓아 등수를 매기는 방법으로 경쟁심을 유발시켰는데 우리는 왜 1등을 해야 하는지도 모른 채 담임선생님의 독려에 따라 한 달 정도 죽어라 일만 했다.

산에 가서 '풀씨 뜯어오기' 땡볕 속에 먼지를 뒤집어쓰며 신작로

▲ 퇴비증산운동

에 '코스모스 심기' 가을이면 난로에 지필 '솔방울 따기' '송충이 잡기' 등 많은 일들을 했었고, 그러한 일들은 대체로 퇴비증산운동을 제외하고는 수업보다 재미있었다.

지서 관사가 위치해 있던 새터에서 학교가 있는 능다리까지는 약 1km 떨어져 있었는데 아무 때나 개별적으로 갈 수 있는 게 아니고 마을별로 '애향단'이란 이름으로 집단으로 등하교를 하게 했다.

마을 입구 느티나무 아래가 학교로 가는 출발선이었고 종점이었다. 20명씩 모이면 차례차례 출발했는데 군대식으로 대열을 이루며 씩씩하게 노래도 부르고 구령에 맞춰 소리도 질러가며 걸어갔다. 그때는 왜 그렇게 하는지 알 수 없었고 알 필요도 없었지만 그것이 북한과 대항하는 일종의 남한식 집단 체제 교육이란 걸 안 것은 한참 후의 일이었다.

어느 날 새벽 시끄러운 소리에 깨어 밖으로 나와 보니 지서 옆 신작로에 끝도 없이 군용트럭들이 몰려들고 있었고, 트럭에서 내린 수천 명의 군인들은 부산하게 이리저리 움직이고 있었다.

우리는 영문을 모르고 어리둥절하면서도 이 재미나는 광경을 구경하고 있었는데 어머니가 빨리 밥 먹고 학교에 가라며 집으로 들여보냈다.

뒷산에 간첩이 나타났다는 속보는 아침 애향단에서 모두에게 전달

되었다. 그때서야 왜 새벽부터 군인들이 몰려들었는지 알게 되었으며, 우리는 심각한 표정으로 6학년 애향단장 형으로부터 행동사항을 교육받았다.

"새벽에 산에서 내려오는 사람."
"은연중 동무라는 호칭을 쓰는 사람."
"6.25때 행방불명되었다가 최근에 나타난 사람."
"산에서 낚싯대를 들고 내려오는 사람."
"한밤중에 이불을 뒤집어 쓰고 라디오를 듣는 사람."……

하나같이 포스터에는 검은 선글라스를 쓰고 있는 사람들이 있었는데 이런 사람들이 간첩이며 간첩을 신고한 어린이에게는 최고 5백만 원까지 포상금과 표창장을 준다고도 했다.

우리는 등하굣길에 눈을 부릅뜨며 간첩을 찾으러 다녔지만 간첩은 발견되지 않았고 며칠 후 백리 정도 떨어진 임실 부근에서 군인들에게 사살되었다고 들었다.

능다리는 섬진강 저수지의 맨 가장자리에 있다. 능다리에서 섬진강 댐까지는 아름다운 호숫길을 따라 지금은 10여 분이면 가지만 그당시에는 구불구불 비포장길을 따라 가느라 한 시간도 넘게 걸렸다.

당시 댐 가기 전 저런 곳에도 사람이 살까 싶었던 허술하고 가난했던 동네들이 지금은 조망 좋은 펜션들로 탈바꿈하며 금싸라기 땅이 되었다 하니 가히 상전벽해다.

옥정호나 운암호, 또는 섬진강 저수지로 불리는 엄청난 크기의 호수를 가로막은 섬진강댐은 춘천 소양강댐보다 훨씬 앞선 일제강점기에 1940년 9월부터 공사를 시작해 제2차 세계대전 및 6.25전쟁 등으로 공사가 중단되었다가 1965년에 완공된 우리나라 최초의 다목적댐이다. 현존하는 남한 최초의 수력발전소인 칠보발전소와 지금은 폐쇄된 더 오래된 운암발전소에 서해안 쪽으로 터널을 뚫어 호남지역의 비옥한 평야에 농사용 물을 공급하는 한편 152m 낙차를 이용하여 지금도 전기를 생산한다.

섬진강댐 아래로 흘러 내려간 물은 '섬진강시인'으로 유명한 김용택 선생의 학교 앞 마을과 지리산을 끼고 남원, 구례, 하동을 지나 남해바다로 내려가고 호수 옆구리를 뚫어 칠보, 운암 두 군데 발전소로 내려간 물은 정읍, 김제, 부안을 지나 유유히 서해로 흘러간다.

능다리 상류 쪽으로 매교천이 있다. 어린 시절 능다리 부근은 물이 너무 깊어 오리 정도 떨어진 매교다리에서 멱을 감으며 고기를 잡고 헤엄치며 놀았다. 아버지와 대나무 낚시를 즐겼고, 여름이면 근처 만경대 다리에서 수박을 떨어뜨려 깨어 먹으며 온 가족이 석양 무렵이

▲ 옥정호를 품은 섬진강댐

면 소쿠리를 하나씩 들고 대사리(올갱이)를 잡았다.

　이 매교다리 부근이 지금은 '구절초 축제'로 유명한 마을이 되어 일 년이면 수십 만 명의 관광객이 찾는 곳이 되었다고 한다.

　내장산 단풍이 들기 한 달 전쯤 10월이면 매교천 주변 온산에 코스모스와 비슷한 생김새의 하얀색 구절초가 피는데 그야말로 장관이다. 일전에 가 보니 대규모로 구절초 꽃동산을 확장하고 있어 아마 올 가을에는 더욱 더 장관일 듯하다.

　평창 봉평 메밀꽃 축제가 연상되는 곳인데 메밀꽃이 들판에 피어 있다면 구절초는 야산 소나무 아래에 소금을 뿌려 놓은 듯 수줍게 피어 있어 푸른 소나무와 하얀 구절초가 기묘하게 어우러져 탄성이 절로 나온다.

몇 년 전에는 한국관광공사 선정 '가 보고 싶은 전국 축제 1위'에 선정되었다고 한다. 이곳에서 시작해 섬진강댐을 거쳐 호수를 끼고 한 바퀴 둘러보는 100여 리 드라이브 코스도 일품이다.

요즘도 가을이면 섬진강 호숫가 구절초 축제장을 가끔 찾곤 하는데 사람들은 넘쳐나지만 옛 생각으로 공허한 가슴은 어쩔 수 없다. 호숫가를 돌고 돌아 섬진강댐을 지나면 강진면이 나오고 멀지 않은 곳에 서울 동작동과 대전 현충원, 그리고 경북 영천 호국원에 이어 네 번째 국립묘지인 임실 호국원이 있다. 주로 6.25전쟁 전사자나 월남 참전 용사들을 모신 곳이다. 아버지는 이곳에 묻혀 계신다.

나는 아버지가 그리울 때면 구절초처럼 하얀 꽃을 들고 그곳을 찾는다.

린다산 박사 이재숙의 드림으로 드림하라

17

금산사와 견훤

초등학교 4학년 때 아버지는 인근 웅동지서장으로 발령받아서 웅동으로 갔지만 우리 가족은 더 이상 아버지를 따라가지 않았다.

매년 아버지를 따라 관사로 전전하는 것이 우리들 교육에 지장을 준다고 판단한 어머니는 산내지서에서 생활할 때 3개월 가까이 매일 이십리길을 오가며 공들여 평사리 신작로 옆에 작은 기와집을 지었고, 처음 마련한 집으로 우리는 곧장 이사했다.

평사리는 말로는 평야 같지만 하루에 버스가 고작 5~6대 다닐 정도로 엄청난 산골이었다.

그래도 장날이면 일제강점기에 건설한 작은 다리 하나를 사이에 두고 웃장터와 아랫장터에 장이 섰는데 장날이면 주민들이 모두 쏟아져 나와서 사람들이 지나가기 어려울 정도로 북적거렸고, 우리집은 그중에서도 삼거리 번화가에 위치해 있는 노른자위 땅 요지였다.

어머니는 장날이면 집 앞 터를 다만 얼마씩 받고 세를 내주었는데 몇 푼 받는 걸로는 성이 차지 않았는지 얼마 지나지 않아 집을 3칸 정도의 구멍가게로 수리한 후 담배소매점을 겸한 흔히 말하는 '점빵', 즉 잡화상을 시작했다.

그 당시 가게에서 가장 인기 있는 품목은 사이다병에 빨대를 꽂아 후후 불어가며 모기를 쫓는 호마키(홈마크의 일본식 표현, 모기약), 사카린 또는 뉴슈가 new sugar, 담배봉초 등이었다.

특히 봉초는 장날에만 판매하는 인기상한가 품목이어서 3원짜리 봉초를 15원짜리 새마을 담배 한 보루에 끼워팔아도 서로 달라며 아우성이었다. 경제적으로 어려웠던 시절 봉초는 담배곰방대에 끼워 피우는 할아버지들의 필수품이어서 장날이면 반드시 사야 하는 요즘말로 치면 가성비 최고의 품목이었던 셈이다.

장터 양편 가득 쳐진 아이보리색 무명간이 천막 아래에선 생선장수, 신발장수, 옷장수, 야채장수들의 호객소리가 끊이질 않았고, 시장 끝 지점에 자리한 국밥집, 국수집 좌판에선 가끔은 상투를 튼 수염이 허연 할아버지들이 반주에 흐뭇한 미소를 곁들이고 동네 아줌마들의 수다도 가득했다.

해질 무렵이면 장사꾼들이 말달구지에 짐을 가득 싣고 서편 하늘을 배경삼아 신작로길을 걸어 긴 행렬을 이루며 다음날 장이 서는 태인쪽으로 돌아갔다. 포플러나무 사이로 뉘엿뉘엿 지는 저녁 해와 행상들의 어우러진 모습은 그림처럼 아름다웠다.

장터 위쪽에 내가 다니던 초등학교가 있었다. 한 학년에 4개 반씩 있었고, 한 반에 70여 명 대충 전교생이 1,400여 명에 이르는 면소재지 초등학교였다.

면내에 있는 초등학교 중 제일 크다고 왕초 노릇했는데 5학년 때 전학을 갔던 정읍 읍내동초등학교는 당시 전교생이 6,000명에 달하는 매머드 학교여서 세상 물정 모르고 으스댄 꼴이었다.

우리 학교에서는 해마다 봄 가을에 한두 시간씩 걸어서 소풍을 가곤 했다. 이번 4학년 봄소풍은 학교에서 무려 50리길을 10시간 정도 걸어서 가는 금산사 소풍이었다. 태어나서 처음 해 보는 1박2일 일정이었다.

요즘 같으면 당연히 버스를 빌려서 타고 갔겠지만 당시는 보리밥도 제대로 못 먹던 시절이어서 갈 때는 모두 걸어갔고, 올 때는 버스두 대에 4학년 전교생을 태우고 돌아왔다.

4월 중순 아침 일찍 초등학교에서 출발한 소풍무리가 신작로길을 따라서 긴 행렬을 이루며 금산사로 향하고 있었다. 중간에 만난 버스는 요란한 돌자갈소리를 튕기며 우리를 지나갔고, 먼지를 함빡 뒤집어쓴 우리는 빨리 신작로길이 끝나기만을 바랐다.

출발하기 전날 선생님은 내일 소풍가는 사람들은 현금은 150원씩 내고 돈이 없는 사람은 쌀 두 되씩 가져와야 된다고 말했다. 쌀이 없는 사람은 보리쌀을 그 두 배로 가져와도 된다고 했지만 너무 무거우니 쌀로 바꿔오는 게 좋을 거라 했다.

소풍날 아침 전교 4학년생 250여 명 중 돈을 가지고 온 학생들은 나를 포함하여 3분의 1도 안 됐다. 돈을 가져오지 않은 남학생들은 어깨에 대각선으로 도시락과 쌀자루를 둘렀고 여학생들은 허리에다 그것들을 둘렀다.

남학생들은 기계충이 난 머리들을 빡빡 깎았고, 여학생들은 단발이었지만 지저분하기 그지없었다. 엄마들이 대충 잘라 만든 고무줄이든 까만 무명치마에 누렇게 색이 바랜 헐렁한 셔츠, 그리고 닳아빠진 까만 고무신들을 신고 있었다.

어머니는 항상 담임선생님 도시락을 준비해 주었는데 이날도 역시 얇게 썰어 만든 베니다판에 종이를 붙여서 만든 도시락 용기에 김밥을 싸서 내게 주었고, 점심시간이 되자 나는 삼삼오오 흩어진 솔밭 한 구석에 마련된 선생님들 자리에 다가가 도시락을 내밀었다.

당시 나무도시락은 매우 귀해서 읍내에 가야만 살 수 있었다. 다른 애들은 대부분 벤또에 보리밥과 다꾸앙, 또는 삶은 달걀과 고구마를 신문지에 싸와 점심을 해결했다. 어쩌다 사이다와 카스테라를 간식으로 가지고 온 친구도 있었지만 극히 일부분이었다.

점심식사 후 우리는 다시 대열을 이뤄 출발했다. 빈 벤또 안에 넣어둔 쇠젓가락은 발걸음을 옮길 때마다 요란하게 달그락 달그락 소리를 내었다. 하지만 이미 우리에겐 둔감하고도 익숙한 소음이었고 누구도 시끄럽다고 말하지 않았다.

그러면서 우리는 단체로 이런저런 노래를 부르며 지루함을 달랬는데 당시 가장 히트한 노래는 출처를 알 수 없었지만 대강 이러했다.

"아리랑 춘향이가 보리쌀을 씻다가
이도령 방구소리에 오줌을 쌌네~~~
오줌을 싸려면은 이만저만 싸야지
섬진강 칠백리에 홍수가 났네~~~"

지금도 부르라면 부를 수 있는 노래이다. 당시는 이런 류의 해학과 풍자가 깃든 노래들이 많았던 것 같다.

걸어도 걸어도 끝없이 이어지는 금산사 가는 길에는 군데군데 진달래와 개나리가 피어 있었고, 이름 모를 야생화도 길가에 종종 수줍은 모습을 드러냈다. 들판도 지났고 숲속 오솔길도 수없이 오르고 내려서 파김치가 될 무렵 금산사 입구에 도착했다. 이미 땅거미는 지고 있었다.

절까지 길다랗게 이어진 벚꽃터널은 지칠 대로 지친 우리를 반겨주었고 한참을 걸어올라 절간 숙소에 도착했을 땐 이미 아무것도 보이지 않을 정도로 깜깜해졌다. 숙소 앞에는 커다란 통이 두 개 놓여 있었는데 선생님은 그 통에 각자 가지고 온 쌀과 보리쌀을 담으라고 했다.

리더십 박사 이재술의 **드림으로 드림하라**

▲ 금산사 벚꽃터널

공양간에서 늦은 저녁을 해결하고 방 배정을 받은 후 우리는 곧장 곯아 떨어졌다.

금산사는 백제시대인 599년에 창건한 절로 호남 미륵신앙의 본산이다. 절에는 석가모니불을 모시는 대웅전이 없고, 미륵불을 모신 미륵전이 본당이다. 미륵불은 석가모니 부처님이 열반에 든 뒤 56억 7000만 년 후에 꽃과 향이 뒤덮은 이상적인 사바세계에 나타난다는 부처님이다.

우리나라 불교는 세계적으로도 독특하다. 기독교와 달리 불교는 유일신체제가 아니다. 처음 우리나라에 불교가 도입될 때 토속신앙이 워낙 강해서 불교와 토테미즘^{totemism}과 샤머니즘^{shamanism}이 함께 어우러져 필요에 따라 신을 만들어 모시던 풍습이 오늘날까지 이어져 내려온 결과다. 절에 가면 산신각, 용왕각이 있는 이유가 바로 그렇다.

민가에는 부엌신인 조왕신도 있다. 이 외에도 호랑이신, 구렁이신 등 이루 헤아릴 수 없는 신들이 있는데 모두 불교와 결합할 수 있다. 불교는 한 마디로 구원을 약속하는 종교가 아니라 스스로 깨달아 부처가 되는 종교인 셈이다.

금산사에는 각종 국보와 보물들이 많다. 우리나라에서 유일하게 볼 수 있는 3층으로 된 법당인 미륵전(국보 제62호)과 석등(보물 제828

리더십 박사 이재술의 **드림으로 드림하라**

▲ 금산사 경내의 오층석탑과 육각 다층석탑

호), 노주석(보물 제22호), 육각 다층석탑(보물 제27호), 방 등계단(보물 제26호), 오층석탑(보물 제25호) 등 보물들이 셀 수 없이 많다.

그러나 사실 금산사는 후백제왕 견훤(재위 900~935)이 넷째 아들 '금강'에게 왕위를 물려주려다가 오히려 큰아들 신검을 비롯해 양검, 용검 등 아들들이 '금강'을 죽인 후 아버지 견훤왕을 강제로 유폐한 곳으로 더 유명하다.

935년 4월 큰아들 신검 등에 의해 석 달 동안 유폐생활을 하던 견훤은 감시자들에게 술을 먹이고 금성(지금의 전남 나주)으로 도망쳐 고려 왕건에게 투항한 후 자기 아들들을 모두 죽여달라고 간청한다.

"신이 전하에게 투신한 것은 전하의 위엄을 빌어 역자를 목 베고자

함이니 바라건대 대왕께서는 날랜 병사로 도적과 같은 아들과 난신들을 벌하여 주시면 죽어도 여한이 없겠습니다."

얼마나 사무친 원한인지 미루어 짐작할 만하지만 부자지간의 비극, 미움의 극한을 보는 것 같아 씁쓸하기 그지없다.

935년 9월 마침내 왕건이 8만여 명의 보병과 기병으로 지금의 구미시 부근에서 마침내 그 아들들을 쳐서 후삼국을 통일한 지 며칠만에 견훤은 논산 황산사(지금의 논산시 연산면 개태사로 추정)에서 화병으로 등창이 생겨 죽게 된다.

왕건은 마지막 전투에서 패배하여 항복한 신검과 양검 형제를 견훤의 뜻과는 달리 죽이지 않고 유배를 보내어서 결국 병사케 하였는데 견훤은 이들을 죽이지 않는다고 노발대발했다고 한다.

견훤의 무덤은 논산 연무대 육군훈련소 근처 민가가 끝나는 야트막한 언덕 위에 있다. 주차장에서 5분이면 걸어서 올라갈 수 있다. 금산사가 보이는 곳에 묻어 달라는 견훤의 유언 때문이라 한다. 실제로 견훤왕릉에 오르면 금산사가 위치한 모악산794m 정상부분이 또렷이 보인다.

다만 왕릉 정면에서는 수목에 가려 모악산이 정면으로 보이지는 않고 양옆으로 약간 이동해야만 볼 수 있다. 견훤의 유언을 귀담아 들었다면 관할 관청에서도 수목을 제거해서 지하의 견훤왕이 직접 모악

견훤왕릉

산을 볼 수 있도록 해줬으면 하는 바람이다.

　나는 요즘도 고향에 갈 때면 금산사를 즐겨 찾는다.

　어린 시절 까마득히 높아 보여서 엄두를 못 냈던 금산사 뒤편 모악
산도 올라가 보았다. 견훤왕릉이 있는 논산 연무대는 보이지 않았지
만 호남평야에 우뚝 서 있어서 견훤의 왕궁이 있었던 완산주(지금의
전주)와 금산사는 한눈에 보인다.

　그 옛날 소풍 때 잠 못 이루고 새벽에 금산사 경내로 나왔을 때 대
웅전격인 대적광전 앞에서 보초를 서던 막내 스님이 모닥불을 피워
놓고 들려주던 얘기들과 모습들도 금산사의 추억으로 남아 있다. 그
대적광전은 그 후로 불타 없어졌으며 지금의 대적광전은 최근에 지은

▲ 벚꽃 핀 금산사

것이다.

우리 인생도 변화무쌍하다. 금산사를 갈 때마다 견훤의 비극이 생각나는 것 같아 애잔하다. 한바탕의 봄꿈처럼 헛된 영화나 덧없는 게 인생이다.

금산사의 벚꽃은 여전히 아름다운데 영화로웠던 인걸들은 간 데 없다.

18

꿈꾸는 서울

서울 야경

서울은 참 아름다운 도시이다.

전 세계 어느 나라 수도를 가봐도 서울처럼 아름다운 산과 맑고 큰 강을 함께 갖춘 도시는 드물다. 뉴욕, 런던, 파리, 도쿄, 방콕 등 대부분의 수도들은 눈을 씻고 볼래야 산이 없고, 강이 있어도 한강처럼 푸르고 드넓은 강을 품은 도시는 많지 않다.

나는 서울을 둘러싸고 있는 북한산, 도봉산, 수락산, 불암산, 관악산, 청계산 등을 주말이면 자주 찾는다. 산마다 특색이 있고 사연이 있고 아름다움이 있다.

특히 남산의 순환로는 봄이면 벚꽃으로, 여름이면 푸르른 녹음으로, 가을이면 단풍으로, 겨울이면 눈꽃으로 터널을 이루어 그 어느 산보다 즐거움을 더해 준다.

요즘 남산에 올라보면 동남아인, 중국인, 백인, 흑인할 것 없이 외국관광객들이 주를 이루어 서울도 이젠 국제화된 관광도시임을 실감케 한다.

남산 팔각정 옆 봉수대에 서면 멀리 북한산, 도봉산이 보이고, 그 앞에 북악산 산자락을 따라 청와대, 창덕궁, 창경궁, 종묘가 푸른 숲을 드리운 채 자리한다. 이제는 퇴색해진 세운상가를 따라 종로, 을지로, 퇴계로가 마주치고 관광과 쇼핑의 메카 남대문시장, 명동도 눈앞에 있다.

동쪽으로는 수락산, 불암산, 용마산, 아차산이 보이며 그 사이에 동대문, 청량리, 답십리, 화양리, 그리고 무학대사가 조선 태조 이성계에게 "10리만 더 가서 한양도읍터를 정하라" 했던 왕십리往十里 등이 위치해 있다.

남산 팔각정을 돌아서 '사랑의 열쇠' 가 가득한 남쪽 전망대에 오르면 관악산, 청계산, 대모산이 아스라이 보이고, 그 앞자락에 마천루 같은 빌딩이 가득한 대한민국 '부촌1번지 강남' 이 자리잡고 있다. 서쪽으로는 국회의사당과 금융의 중심지 여의도를 끼고 서해바다로 한강이 유유히 흘러간다.

▲ 남산 팔각정

▲ 경복궁 근정전

지금의 서울이 자리잡기까지는 600여 년 전으로 거슬러 올라간다.

1394년 10월 태조 이성계(李成桂, 1335~1408)가 고려를 멸망시키고 조선을 건국한 지 3년째 되는 해에 '고려의 수도 개경이 지력이 쇠하고 이성계를 반대하는 전통세력이 강하게 남아있다' 는 이유로 이성계는 한양으로 수도를 옮긴다.

왕궁으로 정궁인 경복궁과 별궁인 창덕궁, 종묘를 짓고 동서남북 4대문과 그 사이 4소문에 백악, 낙산, 남산, 인왕산을 잇는 길이 18.2km, 높이 15~25자에 이르는 한양도성을 쌓는다.

태조는 고려의 불교정책을 철저히 배격하고 유교를 숭상하였는데

리더십 박사 이재술의 **드림**으로 **드림**하라

인간의 본성에서 우러나오는 마음씨 즉, 선천적이고 도덕적 능력을 말하는 4덕德의 인의예지仁義禮智를 따라 동대문은 흥인지문興仁之門 서대문은 돈의문敦義門 남대문은 숭례문崇禮門이라 이름지었다.

다만 북대문은 비상시 사용하는 문으로 지맥이 불길하고 산세가 험하여 사용하지 않고 평소에는 닫아두었는데 처음에는 숙청문肅淸門이라 하였다가 나중에 숙정문肅靖門으로 바꾸었다.

인의예지仁義禮智를 좀 더 설명하면, 중국의 맹자가 말하기를 인간의 본성은 사덕四德 즉 인의예지를 가지고 있기 때문에 선善하다고 했는데 인은 측은지심惻隱之心, 의는 수오지심羞惡之心, 예는 사양지심辭讓之心, 지는 시비지심是非之心에 의해서 느낄 수가 있고 이것이 인의예지의 출발점인 4단四端이라는 것이다.

다시 말하면 측은지심은 불쌍한 사람을 보면 안타까운 마음이 들고, 수오지심은 잘못을 하게 되면 부끄러운 마음이 들고, 사양지심은 예의와 양보를 갖추게 되고, 시비지심은 옳고 그른 것을 구분할 수 있는 것을 말한다.

인의예지仁義禮智에다가 믿을 신信을 더하여 사람이 항상 지켜야 할 5가지 도리를 유교에서는 오상五常이라 하는데 1398년 4대문 안 한복판 종로 네거리에 믿을 신信자가 들어간 보신각普信閣을 건축하여 동서남북과 그 가운데에 오상이 들어간 건축물을 완성하였다.

▲ 보신각

　태조가 유교의 기본덕목 '오상'을 얼마나 숭상하였는지 알 수 있
는 대목이다. 이렇듯 건국 초기에는 의욕이 불타고 화려했던 이성계
도 다섯째 아들 이방원(1367~1422)에 의해 주도된 2차례의 '왕자의
난'을 거치면서 사랑하는 계비 신덕왕후(1356~1396)와 방번, 방석 두
아들을 잃은 후 세상과 단절한 채 1408년 6월 쓸쓸한 죽음을 맞는다.

　태조 이성계는 사후에 서울 외곽 구리시 동구릉 안 건원릉에 모셔
지게 된다. 무덤 위에는 고향 함흥에서 가져왔다는 억새풀이 지금도
가득하다. 고향 함흥을 그리워하는 아버지를 위해 아들 태종 이방원
이 함흥에서 흙과 억새를 가져다 심었다고 하는데 살아생전 가슴에

못을 박은 불효를 한 후 죽어서 효도한들 무슨 소용이 있겠는가.

서울에서 동구릉 가는 길에 망우리고개가 있다. 지금은 사람들이 대규모 공동묘지터로만 알고 있는데 사실은 이성계가 무학대사와 함께 건원릉의 묘자리를 정하고, "이제는 걱정할 것 없다. 근심을 덜었다"라고 말해서 망우리라고 했다고 하는데 나중에 아들(태종 이방원)과의 관계가 극한의 갈등과 미움으로 점철된 것을 보면 안타까운 생각이 든다.

이성계는 생전에 광화문에 올라 덕수궁 옆 지금의 영국 대사관 자리에 있던 정릉을 바라보고 먼저 죽은 둘째 부인 신덕왕후를 그리워했다고 한다. 사후에도 정릉에 먼저 묻힌 계비 신덕왕후와 함께 묻히기를 원했지만 첫째부인 '신의왕후 한씨' 태생인 태종 이방원은 계모인 '신덕왕후 강씨'를 극도로 미워한 나머지 그렇게 하지 않았다.

오히려 왕위에 오르자 신덕왕후를 후궁으로 격하시킨 후 무덤을 파헤쳐 도성 밖 지금의 국민대학교 부근 정릉으로 옮겨버린다. 정릉은 옮겨졌지만 덕수궁 돌담길을 끼고 있는 '정동'이란 지명은 지금까지 정릉이 있었던 자리임을 우리에게 알려주고 있다.

서울 도성 안에는 주로 양반들이 거주하였다. 도성 안이라 하더라도 경복궁을 중심으로 내로라하는 권문세가들이 살았던 북촌과 역관이나 의관 등 중인들이 모여 살았던 서촌, 그리고 무늬만 양반인 가난

▲ 덕수궁 돌담길

한 선비들이 모여 살던 남산골, 이렇게 신분에 따라 사는 장소가 달랐다. 한양 천도 600여 년이 흐른 지금, 당시는 신분으로 사는 곳이 달랐지만 지금은 경제력으로 사는 곳이 다른 것 같다. 강남 강북으로 나뉘고 같은 동네에서도 아파트 브랜드와 평형에 따라 속칭 '노는 물이 다르다' 고 한다.

나는 강남은 잘 모른다. 옛 서울의 숨결이 느껴지는 4대문 안 강북이 친근하고 편하다. 요즘도 주말이면 대학로에서 연극을 가끔 보고 도성길을 따라 낙산공원, 이화동 벽화마을도 둘러본다.

남산 국립극장에서 순환로를 따라 일주한 후 명동, 남대문시장을

▲ 낙산공원 성곽길 야경

거쳐 덕수궁을 돌아보는 것도 즐겁다. 내친김에 시원한 청계천을 따라가다 동대문 광장시장 노점에서 들이키는 막걸리와 빈대떡은 일품이다.

북적이는 인사동 골목길은 정겹고 종묘는 웅장하다. 창경궁과 창덕궁 비원은 사계절 따라 아름답다. 혜화동에서 숙정문을 거쳐 창의문까지 이어지는 북악산 능선에 오르면 서울이 한눈에 들어오고 그 아래 경복궁도 이제 제대로 복원된 듯하다.

'명동 칼국수' '오장동 함흥냉면' '필동면옥' '신당동 떡볶이'도 빼놓을 수 없는 즐거움이다. 명성황후의 한이 서린 장충단공원 앞 '장충동 왕족발'과 '태극당 빵집'도 여전하다. 종로 피맛골에서 맛보는 파전과 홍탁은 또 어떠한가.

　오래 전 명동 '쉘부르', 무교동 '세시봉' 에서 통키타 음악을 들으며 종로 '피카다리' '허리우드' '단성사' 에서 영화를 보고 명동 '마이하우스' 을지로 '풍전나이트' 청량리 '맘모스' 에서 밤을 새우며 즐겼던 '우리의 서울' 은 추억 속으로 사라졌다.

　사과나무도 감나무도 보이지 않는다. 그렇지만 나는 여전히 서울을 사랑한다.

　　　종로에는 사과나무를 심어보자.
　　　그 길에서 꿈을 꾸며 걸어가리라.
　　　을지로에는 감나무를 심어보자.
　　　감이 익을 무렵 사랑도 익어가리라.

　　　아아아아~~ 우리의 서울 우리의 서울
　　　거리마다 푸른 꿈이 넘쳐흐르는
　　　아름다운 서울을 사랑하리라~~~

19

지리산과 차일혁 총경

지리산 일출

나는 평소 등산을 좋아해 자주 산에 오른다. 강원도 인제에 근무할 때는 오색에서 대청봉을 지나 백담사나 천불동 코스, 또는 마등령 공룡능선 코스, 그리고 한계령휴게소에서 귀떼기청봉과 십이선녀탕을 잇는 서북능선 코스 등 설악산 주요 능선들을 수없이 종주하였고, 지리산도 노고단에서 천왕봉에 이르는 주능선을 10여 차례 이상 종주하였다.

산을 오르내리면서 많은 변화가 일어났다. 부부 금슬이 좋아졌고, 특히 건강이 좋아졌다. 짧게는 2~3시간부터 길게는 2박3일간 부부가 줄기차게 산행을 하며 얘기를 해도 신기하게 대화가 끝없이 이어졌다. 집안에서는 30분 이상 얘기해 본 기억이 별로 없는데도 말이다.

어쨌든 20여 년 전 부부가 처음으로 같이 간 산이 지리산이었는데 지리산을 선택한 이유는 어느 산을 갈까 고민하다가 국립공원으로 지정된 산이 아무래도 멋있지 않겠나 싶어서였고, 그중에서도 1호가 지리산이었기 때문이다.

그러나 별다른 사전지식과 준비 없이 오른 지리산은 시행착오와 고행의 연속이었다. 구례 성삼재에서 출발하여 정상인 천왕봉1915m을 거쳐 산청 중산리까지 1박2일간 25시간 이상을 산행하면서 물도 식량도 제대로 먹지 못하고 걸었으니 나의 첫 산행은 참으로 무식하고 무모한 도전이었다.

그렇게 지리산을 오른 후 시간이 날 때마다 설악산 오대산 한라산 가야산 월출산 등 국립공원 주요 산들을 모두 올라서 종주하였고, 이제는 울릉도 성인봉, 홍도 깃대봉을 포함하여 국내 100대 명산도 대부분 다 가봤다.

지리산은 보면 볼수록 매력적인 산이다. 산 좀 타본 사람에게 우리나라에서 단연 으뜸가는 산을 꼽으라 한다면 대개 열에 아홉은 지리산을 꼽는다. 우리나라 국립공원 1호가 설악산이 아니고 지리산인 이유는 지리산 종주를 해 보면 알 수 있다.

보통 지리산 등산은 새벽 3시경에 전남 구례 성삼재나 화엄사에서 출발해 노고단 임걸령 삼도봉 벽소령 등을 지나 해질 무렵 장터목이나 세석산장에 도착해 하룻밤을 묵는다.

지친 몸을 이끌고 이른 새벽 일어나 다시 하늘로 향하는 통천문을 지나 지리산 최고봉인 해발 1915m 천왕봉에 올라서 '삼대三代가 덕을 쌓아야 볼 수 있다' 는 장엄한 일출을 보고 나면 우리나라에서 '이보다 더한 감동을 줄 수 있는 곳은 없다' 라는 생각을 갖게 된다.

또는 그 반대로 경남 산청 중산리나 대원사에서 출발해 천왕봉을 오른 후 노고단까지 이어지는 코스를 택하기도 하는데 최소 5시간 이상 가파르게 천왕봉을 오르는 게 부담스럽다.

특히 가장 빨리 천왕봉을 오를 수 있는 법계사 코스는 그야말로 처

▲ 지리산 반야봉 일출

음부터 끝까지 숨이 턱밑까지 차오르는 깔딱고개의 연속이라고 해도 과언이 아니어서 처음 산행을 하는 사람에게는 권하고 싶지 않다.

그렇게 힘들여서 오른 후 맛보는 지리산 일출과 노을은 어느 코스를 택하든 또 꼭 정상인 천왕봉이 아니어도 지리산 어느 봉우리에서 든 진한 감동을 준다.

어디 그뿐이랴. 석양이 비칠 때 촛대봉에서 내려다보는 세석평전의 거대한 철쭉꽃 바다와 비 온 뒤에 반야봉에서 바라본 운해雲海는 또 어떠하던가.

나는 저 멀리 발 아래 섬진강 물줄기를 굽어 볼 수 있는 노고단에서 천왕봉까지 종주는 물론 단풍으로 유명한 피아골에서 뱀사골까지, 그리고 함안 백무동에서 산청 중산리까지 칠선계곡 대원사계곡으로 수백 리 지리산의 매력에 흠뻑 빠져 한동안 참 많이도 다녔다.

설악산이 울산바위, 공룡능선, 용아장성 같은 화려한 바위들로 빼어난 자태를 자랑하는 여성스런 산이라고 한다면, 지리산은 아버지의 품처럼 아늑하고 따뜻하고 웅장한 산이다. 천왕봉을 정점으로 반야봉, 칠선봉, 토끼봉, 노고단 등 수백 리 굽이굽이 파노라마처럼 펼쳐지는 대자연의 경외와 넉넉함을 느끼게 해 주는 포근한 산이다.

언뜻 보면 평범해 보이는 산이지만 보면 볼수록, 그리고 알면 알수록 매력 있는 산이 지리산이다. 그래서 그런지 옛날부터 많은 선조들이 지리산을 명산 또는 영산(靈山)으로 꼽기에 주저하지 않았다. 다만 처음 볼 때 화려함은 떨어지기에 서산대사 휴정(休靜) 같은 스님도 '지리산은 웅장하나 수려함은 떨어진다(壯而不秀)'고 표현했다.

그러나 지리산은 고대부터 신령스런 산으로 숭배되어 삼신(三神) 오악(五岳) 속에 항상 자리하여 왔다. 《택리지(擇里志)》의 저자 이중환은 그의 〈산수론〉에서 지리산을 조선 12대 명산 중의 하나로 꼽는 데 주저하지 않았으며 중국의 《사기(史記)》에서조차 발해만 동쪽에 봉래산, 방장산, 영주산 등 세 개의 신령한 산이 있다고 하였는데 봉래는 금강산,

영주는 한라산, 그리고 방장은 지리산을 말한다.

이곳에는 신선과 불사약이 있고 황금, 은으로 만든 궁궐이 있다고도 하였다. 봉래, 방장, 영주산에다가 묘향산을 더하여 4대 신산神山이라고 하고, 이에 구월산을 더하여 5대 신산이라고 부르기도 한다.

조선시대에 들어와서도 지리산은 삼각산, 송악산, 비백산과 함께 사악신四岳神으로 정하여져 나라의 제사를 받드는 등 민족의 성산聖山으로 면면히 이어져 내려오고 있다.

지리산에는 우리나라 31본산本山의 하나이며 10대 사찰 중 첫째로 꼽히는 구례 화엄사를 비롯하여 하동 쌍계사, 남원 실상사, 천은사,

▲ 화엄사

리더십 박사 이재술의 **드림으로 드림하라**

산청 대원사 등 국보와 보물을 간직한 천년고찰이 많다.

그중 구례 화엄사는 신라시대 진흥왕 5년(544)에 창건되어 우리나라 3대 목조 건물 중 으뜸인 화엄사 각황전(국보 제67호)을 비롯하여 각황전 앞 석등(국보 제12호), 4사자 삼층석탑(국보 제12호)과 화엄사 대웅전(보물 제299호) 등 귀중한 문화재가 많아 문화재의 보고라 해도 과언이 아니다.

이렇듯 화엄사를 포함하여 귀중한 천년고찰들이 6.25전쟁 중에 온통 소실될 뻔한 위기가 찾아온다. 우리 현대사에서 지리산은 좌우익 대립의 산증인처럼 뼈아픈 상처를 가지고 있다.

소설 《태백산맥》의 주무대이기도 한 지리산에서 1948년 10월 여수·순천 반란사건을 일으켰다가 패퇴한 좌익세력의 일부가 지리산으로 숨어들어 숱하게 양민들을 학살하였고, 1950년 6.25전쟁 때에도 인천상륙작전으로 허리가 잘린 북한군들이 북으로 돌아가지 못하고 지리산으로 들어가 국군과 치열한 전투를 전개하기도 하였다.

나는 가끔 아버지를 모시고 지리산을 찾곤 했는데 치열했던 옛 전투의 흔적은 사라졌지만 아버지의 기억 속에 살아있는 지리산 굽이굽이 능선을 바라보시며 추위와 배고픔 속에 빨치산들과 싸웠던 상념에 젖어 눈시울을 적시는 모습을 볼 수 있었다.

아버지는 이곳 지리산에서 6.25전쟁 당시 지리산 공비 토벌 전투경찰대에 참여하여 2년여 간 뱀사골 노고단 달궁마을 피아골에서 전쟁 중에 삶과 죽음을 수없이 넘나들었다고 한다.

전쟁이 한창이던 1951년 5월 지리산에 새로 주둔한 8사단(사단장 최영희 준장)과 지리산 전투경찰대(사령관 신상묵)는 공비들을 토벌하기 위한 합동회의를 하게 된다. 회의 결과는 화엄사가 빨치산의 소굴이 될 수 있으니 소각하라는 엄청난 명령이었다.

회의 후 따로 모인 전투경찰대 지휘관들은 화엄사 등 사찰 및 암자를 모조리 소각하라는 명령에 대단한 우려를 표했다. 얼마 전 구례 피아골 아래에 있는 연곡사가 불태워지는 것을 목격하고 경악한 차일혁 총경은 차마 천년고찰 화엄사마저 불태우라는 명령을 따를 수는 없었다. 화엄사를 관할하는 국군 8사단 예하 방득윤 대대장도 명령수행 문제를 고민하고 있던 터라 이를 알게 된 경찰 18대대장 차일혁 총경 (1920~1958)은 방득윤 대대장에게 해결책을 제안한다. 화엄사 전체를 불태우지 말고 대웅전 등의 문짝만 떼어내어 소각하자는 것이었다.

▲ 차일혁 총경

차일혁 총경은 "불태우라는 명령은 공비들의 은신처를 없애고 관측과 사격을 용이하게 하자는 것으로 이해하면 되는 것이고, 문짝만 뜯어내 소각해도 그 목적은 충분히

▲ 천은사

달성된다"고 설득했던 것이다. 이에 방득윤 대대장도 동의했고 이로
써 화엄사는 전체 사찰이 소각될 위기에서 벗어날 수 있었다. 천은사
쌍계사 등 귀중한 문화재도 마찬가지로 보존될 수 있었다.

"절을 불태우는 것은 한나절이면 족하지만 절을 세우는 데는 천년
이 걸려도 부족하다"는 차일혁 총경의 목숨을 담보로 한 비장한 결단
이 천년고찰을 지켜 낼 수 있었던 것이다.

1953년 9월 빨치산 남부군 총사령관 이현상을 사살하는 등 혁혁한
공을 세웠지만 그는 명령 불복종으로 사형될 뻔한 위기에서 벗어나
천신만고 끝에 감봉처분을 받으며 경찰생활을 유지한다.

▲ 쌍계사

전쟁 후 충주경찰서장을 지냈지만 뒤늦게 '지리산 빨치산 사령관 이현상의 시신을 섬진강변에서 화장해 정중히 예를 갖춰줬다'는 등 빨치산에게 온정적이었다는 이유로 공주경찰서장으로 좌천된 후 1958년 공주 곰나루에서 가족과 함께 물놀이하던 중 38세를 일기로 타계하였다.

차일혁 총경의 공로는 뒤늦게 인정받아 1958년 조계종 초대종정 효봉스님으로부터 감사장을 수여받았고, 1998년 화엄사는 경내에 그를 기리는 공적비를 건립하였다. 뒤늦게 정부도 그의 공적을 기리는 포상을 하게 되는데 2008년 문화재청에서 감사장을 추서하였고, 문

▲ 효봉스님

화체육관광부에서는 보관문화훈장을 서훈하였다.

2011년 8월 경찰청은 총경에서 경무관으로 추서하였고, 2013년 정부는 차일혁 총경을 '이달의 전쟁영웅 12인'으로 선정하여 국가보훈처 9월의 달력인물로 공식 지정하였다.

한편 전쟁기념사업회에서는 고려시대 최무선 장군을 비롯한 호국인물 62명중 한 명으로 차 총경을 선정하였다. 2015년도에는 호국영웅 10인 중 한 명으로 선정하여 죽음을 불사하고 국보급 문화재를 지켜낸 그의 공로를 인정하였다.

차일혁 총경은 1990년대 대단한 인기를 끌었던 드라마 '여명의 눈동자'에서 여옥(채시라)을 사랑했던 주인공 장하림(탤런트 박상원)의 모티브가 된 인물이기도 하며, 일제강점기 김구 선생 등과 함께 조선의용대에서 항일 유격전을 펼친 독립 운동가이기도 하다.

"죽음은 삶의 연속이다. 절대 죽음을 두려워하지 말라"라는 그의 말에서 천년고찰을 지켜낼 수 있었던 기개, 비장함과 충정을 느낀다.

6.25전쟁 중에 차일혁 총경처럼 죽음을 불사하고 문화재를 지켜낸 인물들이 또 있다. 해인사를 지켜낸 장지량(1924~2015, 당시 제1전투

▲ 한암스님

▲ 장지량 전 공군 참모총장

비행단 작전참모) 공군 중령과 상원사를 지켜낸 한암스님(1897~1951)이 그분들이다.

1951년 8월 유엔군이 합천 해인사로 숨어든 북한군을 폭격하려 하자 "해인사만 없어지는 게 아니라 팔만대장경도 없어진다. 어떠한 처벌을 받더라도 1400년 된 문화재를 한줌의 재로 만들 순 없다"라며 해인사 폭격 명령을 거부하고 유엔군을 설득하여 결국 해인사를 지켜낸 장지량 전 공군참모총장과 1951년 1.4후퇴 직전 국군이 인민군에게 타격을 주려고 오대산 안의 모든 사찰에 불을 지르려 하자 절 안에 들어가 가부좌를 튼 후 "이제 불을 질러도 좋다. 중이란 죽으면 화장을 하는 법이다. 나를 억지로 끌어내지 말고 법당 안에 불을 질러 나를 화장하라"며 군인들이 상원사에 불을 지르려는 것을 온몸으로 지켜낸 한암스님 등도 차일혁 총경처럼 절체절명의 위기에서 사라질 뻔한 국보급 문화재를 지켜낸 인물들이다.

혼신을 내던져 우리의 소중한 문화유산을 지켜낸 영웅들의 용기와 애국심에 가슴 뭉클한 감동이 밀려온다.

20

우리집은 왜 오르지 않나?

지난해 봄부터 아파트 가격이 심상치 않더니 여름 들어서면서 폭등세가 시작하자 정부는 부랴부랴 아파트 값을 진정시키기 위하여 여러 가지 대책을 잇따라 내놨다.

그러나 진정될 줄 알았던 아파트 값 상승세는 지금도 계속되고 있다. 심지어 지방에서 관광버스를 이용하여 강남권 아파트를 무차별 사들이는 이른바 '묻지 마 아파트 구매단'이 등장하는 등 강남권을 중심으로 아파트 가격은 더욱 가파르게 상승하고 있다.

그렇다면 정부의 고강도 대책에도 불구하고 아파트 가격이 떨어지지 않는 원인은 무엇일까?

이 정도 엄포면 보통사람들은 정부의 대책에 손을 들고 관망하거나 아니면 집값이 떨어질 거라 예측하여 선제적으로 집을 팔고 전세로 갈아타거나 할 텐데….

왜 누가 도대체 아파트를 얼마나 사길래 이런 시국에 집값이 폭등하는 걸까? 더군다나 미국 금리 인상 영향으로 한국 금리도 곧 오르게 될 형국인데 말이다.

이유는 간단하다. 한 마디로 '수요와 공급의 법칙'이 아파트에도 적용되기 때문이다.

서울 강남권에 아파트를 사려는 사람은 많고 이른바 '똑똑한 아파트'는 한정되어 있기 때문이다.

　예전에 강남에서 부동산을 하는 친구에게 직접 들은 얘기인데 "이 동네 사람들은 망하기 전에는 절대 강남을 벗어나지 않는다. 대부분 의사, 변호사, 판·검사 등 전문직과 정치인, 기업인, 연예인 등 부유층이 모여 살아 속칭 '그들만의 리그'를 누린다"는 것이다.

　자식들에게 아파트 한두 채 사주는 것은 기본이고 부산, 대구, 광주는 물론 멀리 LA, 뉴욕에 있는 재미교포들도 강남아파트를 사러 온다니 '강남불패'란 말이 생겨날 수밖에 없다는 것이다.

　아파트 값 상승의 또 다른 원인은 한국의 아파트가 다른 나라 아파트에 비해 상대적으로 싸기 때문이다. 세계의 주요도시 홍콩, 싱가폴, 파리, 런던, 뉴욕, 도쿄 등의 전망 좋은 아파트는 평당 1억원을 넘는 곳이 대부분이어서 같은 조건으로 비교해 볼 때 아직도 서울 아파트 값은 세계 주요 도시 아파트 값의 30~50% 수준에 불과하기 때문에 앞으로도 지속적으로 오를 거라 예측하기 때문이다.

또한 전 세계적으로 집값이 계속 오르고 있다는 사실도 주목해야 한다. 유동자금이 풍부하다는 얘기이다. 미국의 집값이 최근 7년 동안 25% 오른 것을 비롯하여 대부분의 선진국에서 집값의 오름폭이 우리나라보다 크다. 우리나라도 비공식 통계에 의하면 1,000조 원이 넘는 돈이 부동산 시장에서 대기하고 있다고 한다.

최근 미국에서 금리를 올린다는 뉴스를 자주 접한다. 금리가 오르면 대출이자 부담이 늘어나서 곧 아파트 값이 떨어질 거라고 생각하는 사람들이 많으나 일시적으로 그럴 수는 있지만 중장기적으로 볼 때는 그렇지 않고 아파트 값은 계속 오른다.

미국에서 금리를 올릴 때는 그만큼 경기가 호황이라는 반증이고 호황일 때는 집값이 오르게 되어 있다. 미국이 아무리 금리를 올려도 국내 경기가 나쁘면 우리나라도 금리를 올릴 수 없다. 견딜 수 있을 만하니 금리를 어쩔 수 없이 올리는 것이다.

실제 미국의 집값은 최근 5년 동안 계속 올랐고, 특히 금리가 많이 올랐던 지난해에는 전년 대비 7%나 올라 근래 들어 가장 높은 수치를 기록했다.

또한 인플레에 대한 우려로 부동산에 자산을 심어놓으려는 심리적인 요인도 집값을 오르게 하며 금리가 오른 만큼 집값도 올려 받아야 한다는 집주인의 계산도 집값을 오르게 하는 요인이다.

다주택 보유자들이 양도세 중과를 피하기 위해 임대사업자 등록을 늘리는 것도 최근 집값을 올리는 중요한 이유로 등장하고 있다. 임대사업자로 등록을 하면 8년 동안 집을 팔 수 없기 때문에 물량이 모두 숨어버리게 된다. 지난달까지 8만여 명이 임대사업자 등록을 하였다고 하는데 이들이 1인당 3채씩만 가지고 있다고 하여도 24만여 채이다. 이 많은 집들이 8년 동안 사고 팔 수 없으니 공급이 부족한 셈이 되어 집값은 오를 수밖에 없는 형국이다.

많은 사람들이 "다른 아파트는 다 오르는데 왜 내가 사는 아파트만 안 오르지?" 또는 "왜 내가 팔고 나면 내가 판 아파트는 가격이 오르고 내가 사려 하면 왜 엄청 올라있지?" 하는 느낌을 받았을 것이다.

직장 동료나 후배 중에 '살기는 좋은데 아파트 값은 안 오른다' 며 답답해 하는 경우를 종종 보았다. 또는 '기껏해야 2~3천만 원 올랐다고 좋아했는데 서울아파트는 그 사이 몇 억 원씩 올랐다' 며 상대적 박탈감을 호소하는 이도 있었다.

성실하게 일하는 직장인들에게, 그리고 주부들에게 지금 살고 있는 아파트는 거의 전 재산이나 마찬가지이다. 그것도 엄청나게 허리

띠를 졸라가며 조금 더 나은 동네로, 조금 더 큰 평수로 늘려가기 위해 개미처럼 일하며 애쓴 결과이다. 그렇게 애써 마련한 아파트가 남들 아파트는 다 오르는데 자신의 아파트만 바닥을 기고 심지어 떨어지거나 은행 이자율보다도 덜 오른다면 상실감은 더 크지 않을까 싶다.

그래서 이제는 그 친구들에게 좋은 아파트를 사려면 다음과 같은 조건을 갖춘 아파트를 사라고 권하고 있다. 누구든지 아래 7가지 중에서 적어도 3가지 이상 해당되는 아파트를 산다면 실패하지 않을 것이다.

첫째, 강남 전철역에서 30분 이내 지하철이 닿아야 한다. 지금까지는 강남역이 중심이었으나 앞으로는 GTX와 무역센터, 영동대로 지하도시 개발, 잠실운동장 재개발, 현대자동차 101층 사옥 건축 등 강남의 중심이 삼성역을 중심으로 재편되고 있으니 삼성역과 30분 이내에 닿을 수 있는 곳이 더 좋아 보인다.

수도권 1기 신도시를 보면 확실히 알 수 있다. 분당은 신분당선으로 강남과 30분 이내 직접 연결되어 계속해서 고공행진을 하고 있다. 평촌은 사당역과 연결되어 강남 접근성이 떨어지지만 그런대로 따라간다. 일산, 중동, 산본은 강남 접근성이 훨씬 떨어지기에 초기 분양가는 분당과 비슷했지만 이제는 두 배 가까이 벌어져 있다.

리더십 박사 이재술의 **드림으로 드림하라**

둘째, 학군과 학원이 잘 갖춰져 있어야 한다. 우리나라 학부모의 명문학군에 대한 선호도는 세계적으로 정평이 나있다. 고등학교 학군도 중요하지만 특목고 진학을 위한 중학교 학군도 요즘은 매우 중요시한다. 이와 함께 도보로 이용가능한 명문학원가를 끼고 있는가가 아파트 값을 절대적으로 좌우한다.

셋째, 백화점, 쇼핑센터, 영화관 등 편의시설이 도보로 10분 이내 거리에 있어야 한다. 집을 사고 파는 결정권을 쥐고 있는 사람은 대부분 여성들이기 때문이다. 산책할 수 있는 공원을 끼고 있는가도 중요하다.

넷째, 지하철역이 도보로 이용 가능해야 한다. 마을버스를 이용하는 곳이라면 아무래도 경쟁력이 떨어진다. 도보로 이용할 수 있는 지하철역이라 해도 가급적 강남과 30분 이내 연결되어야 한다. 많은 사람들은 2호선, 3호선, 9호선 그리고 신분당선 지하철 역세권을 선호한다.

다섯째, 한강뷰를 볼 수 있으면 금상첨화이다. 뷰가 없다면 한강과 가까울수록 좋다. 한강 둔치를 걸어서 이용할 수 있다면 더 좋다.

강이 없다면 바다뷰나 호수뷰도 좋다. 호수뷰도 없다면 숲뷰나 시가지뷰라도 있어야 한다. 이것도 저것도 없다면 저층은 피해야 된다. 가급적 로얄동 로얄층을 사야 하는 이유는 팔 때 제값에 쉽게 팔리기 때문이다.

여섯째, 적어도 1,000세대 이상 대단지 아파트여야 한다. 나홀로 아파트는 아무리 위치가 좋아도 한계가 있다. 대단지라 할지라도 주변에 임대아파트가 많은 곳은 고민해 보아야 한다. 빌라나 다세대는 전문가의 조언이 꼭 필요하다.

일곱째, 대학병원이 차로 10분 이내에 위치해 있어야 한다. 뇌혈관 질환, 심장병 등 응급시 이용할 수 있는 대학병원의 중요성은 우리나라 고령화시대와 맞물려 갈수록 중요시 되고 있다. 그런 의미에서 전원주택은 선택에 신중해야 한다.

이상의 7가지 조건 중 최소한 2가지 이상 조건은 갖춘 아파트라야 한다. 지금 자기가 살고 있는 아파트를 위 조건에 적용시켜서 만약 2가지 이상 해당하지 않는다면 가급적 갈아 타는 게 좋다.

3가지 이상 조건을 갖춘 아파트는 계속 가져가고, 5가지 이상 조건을 가진 아파트라면 자녀에게 물려줘도 좋다.

"돈이 없는데 어떻게 갈아 타냐, 속절없는 소리한다"며 타박하는 이도 있다. 충분히 이해하지만 열린 마음과 간절한 소망, 그리고 피와 땀과 눈물이 있다면 못할 것도 없다. 흙수저 출신인 나도 그렇게 해서 집을 장만하였다.

최근 아파트 값은 서울을 중심으로 상승하고 서울에서도 한강벨트를 따라 오르는 폭이 크다. 홍콩이나 파리, 런던 등 세계적인 도시에 비해 서울 집값은 아직도 싼 편이라 계속 오를 가능성이 있다.

나는 수도권 아파트 값이 다소 오르내리겠지만 곳에 따라서는 지금보다 두 배 가까이 오르는 곳도 있을 거라고 본다. 이전에도 이런 얘기를 하면 모두 믿지 않았다. 그러나 예측이 거의 틀려 본 적이 없다. 개포동 일대와 잠실주공 5단지가 재건축되고 정점인 압구정동 현대아파트가 재건축되면 서울도 평당 1억원 시대가 열릴 것이다. 이미 한남동에서는 1억원 시대가 열리고 있다. 과천, 위례, 광명 등 서울 위성도시도 전망은 밝다고 본다.

너무 올라서 지금 집 장만하기가 겁난다는 사람이 많다. 아파트로 돈 버는 시대는 끝났다고 얘기하는 사람도 있다. 그러나 좋은 의식주에 대한 사람의 본능이 그칠 수 없는 것처럼 좋은 아파트에 대한 우리의 욕구도 마찬가지이다.

"10년 전에만 그 아파트를 샀더라면…."

참 조심스럽고 어려운 얘기이지만 나중에 또 후회하지 말고 자신의 형편에 맞춰 올바른 선택을 하기 바란다.

리더십 박사 이재술의
드림으로 드림하라
•

지은이 / 이재술
발행인 / 김영란
발행처 / **한누리미디어**
디자인 / 지선숙
•

08303, 서울시 구로구 구로중앙로18길 40, 2층(구로동)
전화 / (02)379-4514, 379-4519
Fax / (02)379-4516
E-mail/hannury2003@hanmail.net
•

신고번호 / 제 25100-2016-000025호
신고연월일 / 2016. 4. 11
등록일 / 1993. 11. 4
•

초판 1쇄발행일 / 2018년 10월 25일
초판 2쇄발행일 / 2018년 11월 15일
•

ⓒ 2018 이재술 Printed in KOREA
•

값 **15,000원**

※잘못된 책은 바꿔드립니다.
※저자와의 협약으로 인지는 생략합니다.

ISBN 978-89-7969-784-1 03810